치유의 베이킹

나를 돌보는
비건·글루텐프리 베이킹

정민

띠움

밀가루 단식에서 시작한
비건·글루텐프리 베이킹

어릴 때부터 손에서 빵 봉지를 내려놓지 않아 늘 부스럭부스럭 소리가 난다고 해서 '부스럭'이란 별명이 붙었다. 10여 년 동안 기자로 일하며 취재 후 마지막 일정은 언제나 그 부근에서 맛있기로 소문난 빵집에 들르는 일이었다. 그동안 수백 명의 인터뷰이를 만났으니 들른 빵집만 해도 수백 곳이 넘을 것이다.

빵이라면 어느 종류 하나 좋아하지 않는 것이 없어 빵집에 가면 늘 양손 가득 사 들고 와야 했다. 평소 과식을 하지 않는 편이지만 빵만큼은 달랐다. 다음 생애에 먹을 것까지 다 먹었다 해도 과언이 아닐 정도로 빵만큼은 과식하는 일이 다반사였다.

특히 버터의 풍미를 고스란히 느낄 수 있는 스콘, 크루아상, 64 겹 식빵, 살살 녹는 생크림이 담뿍 올려진 케이크, 타르트를 좋아했다. 그랬던 빵순이가 달걀, 버터, 우유, 생크림 등 일반 베이킹에 들어가는 동물성 재료와 밀가루가 아닌 식물성 재료로 만든 비건·글루텐프리 디저트를 즐길 거라고는, 게다가 직접 만들어 먹게 될 것이라곤 상상도 하지 못했다.

비건·글루텐프리 베이킹을 접하게 된 건 갑상샘항진증을 앓고부터다. 이 병을 앓으며 몸에 좋은 걸 먹기보다는 몸에 좋지 않은 걸 줄여 보기로 했다. 일단 나는 빵을 적당히 먹는 게 되지 않았기 때문에 밀가루 단식부터 해보리라고 마음먹었다. 빵순이에게 밀가루 단식이란 청천벽력과도 같았지만, 좋아하는 빵을 맛있게 먹기 위해서는 건강해지는 것이 먼저였다.

사람들이 새해 벽두에 다이어트나 금연 계획을 세우듯, 나만의 밀가루 단식도 1월 1일부터 시작됐다. 만약 건강상의 이유가 아니었다면 밀가루 단식은 생각조차 못 했을 것이고, 했더라도 작심삼일로 끝났을 것이다. 밀가루 단식을 유지할 수 있었던 건 갑상샘항진증 정기검진 때마다 고공 행진하는 항체 수치 때문이었다. 물론 밀가루 단식만으로 증상이 나아지는 건 아니지만 내가 실천할 수 있는 방법 중 하나였고, 높은 항체 수치를 접할 때마다 받은 충격은 밀가루 단식을 이어가게 하는 원동력이 되었다.

그렇게 10개월이 흘러 생일을 맞게 됐다. "생일이잖아. 지금까지 참았는데 오늘만 먹는 건 괜찮다"며 가족, 친구, 지인들은 한 달 동안 먹어도 될 만큼의 다양한 종류의 케이크를 선물해 주었다. 당장 눈앞에 있는 생크림 케이크를 보니 '먹으면 안 되는데…'라는 의식이 미치기도 전에 이미 입속에선 케이크가 사르르 녹고 있었다.

10개월 만에 맛본 생크림 케이크가 금세 사라져 버릴까 봐 아쉬워하며 사탕을 먹듯 녹여 먹었다.

이렇게 생일을 맞이할 때마다, 잘 지켜오던 밀가루 단식은 단 한순간에 무너지고 말았다. 악순환을 되풀이하다가 갑상샘항진증의 합병증 중 하나인 눈이 돌출되는 안병증을 앓게 되면서 이내 정신이 번쩍 들었다. 밀가루 단식 중에도 SNS, 웹 등 국내외 핫한 빵집과 디저트를 찾아보는데 열심이었다면 안병증을 기점으로 더 이상 빵과 디저트를 찾아보지 않게 됐다.

당시에는 그저 이 징글징글한 병을 뿌리 뽑아야겠다는 마음만 간절했을 뿐이었다. 그러다 우연히 쌀로 만든 당근 케이크를 맛보게 됐다. 처음 맛본 쌀 케이크는 식감이 부슬부슬하여 밀가루로 만든 케이크와는 식감 차이가 있었지만, 앞으로 빵이라고는 아예 입에도 안 대리라고 결심했던 마음에 작은 위안이 되었다.

그때부터 글루텐프리 빵에 관심을 갖게 되면서 쌀 케이크를 만드는 가게를 찾아다니기 시작했다. 주말엔 서울 서대문구, 마포구, 영등포구, 강서구, 강남구, 경기도 파주, 분당 등 각 지역에 있는 글루텐프리 빵집의 동선을 짜서 빵집 투어를 하기에 이르렀다. 글루텐프리 제품만 판매하는 곳보다 글루텐이 함유된 통밀을 베이스로 한 제품과 글루텐프리 제품을 함께 판매하는 곳이 많았다. 들르는 빵집마다 통밀로 만든 종류가 더 많아 밀가루 단식 중인 내가 사 먹을 수 있는 빵은 생각보다 많지 않았다.

대학생 때 나는 커피 없이는 못 사는, 하루에 커피를 1리터 정도 마시는 커피 마니아였다. 그런데 언젠가부터 커피를 마시면 배를 움켜쥘 정도로 속이 쓰린 증상에 시달려 의사의 권유로 1년여 동안 커피를 끊게 됐다. 1년 후 다시 커피를 맛본 날, 두통과 어지럼증, 가슴 두근거림 증상이 나타나 더 이상 커피를 마실 수 없었다. 그런데 밀가루 단식을 하면서도 이와 비슷한 경험을 하게 됐다. 비건·글루텐프리 빵집에서 산 빵을 먹고 이따금 두드러기가 올라왔다. 맛있게 먹었어도 두드러기가 올라오면 그 빵집으로는 다시 걸음을 옮기기가 꺼려졌다.

　　두드러기의 원인이 음식이라면 어떤 것 때문인지 궁금해 '급성 음식 알레르기 검사'와 '만성 음식물 알레르기 검사'를 받았다. 검사 결과, 우유 알레르기 외엔 특이한 것이 없었다. 비건 빵집에서는 우유 및 유제품은 사용하지 않을 텐데, 무엇 때문에 알레르기 반응이 나타나는지 궁금해졌다. 그리고 결국 '내가 좋아하는 재료로 건강한 간식을 직접 만들어 보는 건 어떨까'라는 생각이 나를 비건·글루텐프리 베이킹의 길로 이끌었다.

‖차례‖

② 소중한 것을 지키는 베이킹

③ 티Tea에 티를 더하다

4 베이킹 덕분에

1
도돌이표 베이킹을 하는 빵순이

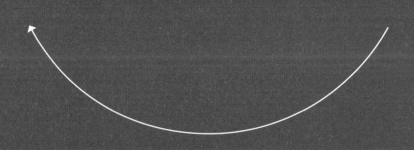

기분 좋아지는 말,
'맛있다'

"베이킹은 언제부터 한 거예요~?"라는 질문을 받으면 비건·글루텐프리 베이킹을 하기 시작한 때를 말해야 할지, 베이킹을 하기 시작한 때를 말해야 할지를 몰라서 머뭇거리곤 한다. 비건·글루텐프리 베이킹을 시작한 건 갑상샘항진증을 앓고부터고, 베이킹과 요리에 관심을 갖게 된 건 중학생 때부터다.

피자, 돈가스, 탕수육, 짜장면, 햄버거 등 배달 음식으로 간편히 먹을 수 있는 음식도 정성스레 만들어 주셨던 엄마의 모습을 어릴 때부터 보고 자라서인지 요리에 관심이 많았다. 오빠에게 달걀프라이를 해주기 위해 식탁 의자를 끌고 와서 그 위로 올라가 가스 밸브를 열고 가스레인지의 불을 처음 켜 본 건 여섯 살 때였다.

그 후 나의 소꿉놀이 장소는 놀이터에서 주방으로 바뀌었다. 초등학생 땐 냉장고에 있는 재료, 예를 들면 당근, 달걀, 간장, 깍두기 국물이나 스팸, 김치, 어묵, 치즈 등을 넣어 볶음밥을 자주 만들었다. 내가 만든 걸 먹는 대상 1호는 오빠였는데, 딱히 맛있다, 맛없다는 반응은 없었지만, 그저 묵묵히 먹어주는 것만으로도 좋았다.

가족이 아닌 타인에게서 내가 만든 음식을 먹고 "맛있다"라는 말을 처음 들은 건 중학생 때였다. 학창 시절 가장 즐거웠던 기억은 방과후 친구들을 집에 데려와 간식을 만들어 주던 장면에 있다.

당시 나의 시그니처 메뉴는 가래떡을 가늘게 썰어 어묵, 만두, 스팸, 라면, 양파, 대파 등을 넣고 만든 떡볶이였다. 떡볶이용 떡보다 가래떡을 가늘게 썬 떡이 양념이 잘 배, 지금도 떡볶이는 떡국떡으로 만들어 먹는다. 채소 볶음밥을 만들 때도 떡국떡을 조그맣게 썰어 함께 볶으면 쫀득한 식감이 잘 어우러지는 채소 떡 볶음밥이된다. 이것 역시 호응이 좋아 친구들에게 종종 만들어 주는 단골 메뉴였다.

"맛있다"는 반응이 더해질수록 또 다른 걸 만들어 주고 싶은 마음에 새로운 메뉴에 도전하게 됐다. 예를 들면 밥으로 만든 크로켓, 밀가루 대신 으깬 감자로 도우를 만든 피자, 핫케이크가루 반죽에 냉동만두의 소를 넣어 만든 야채 찐빵 등이다.

누군가에게 무언가를 만들어 주며 행복을 느꼈던 것은 일본에서 보낸 대학 시절에도 마찬가지였다. 내 입맛엔 편의점에서 파는 크림빵, 마트에서 파는 팥빵, 빵집에서 파는 빵과 케이크도 더할 나위 없이 맛있었다. 그런데 문득 '내가 직접 만들어 보면 어떨까' 하는 생각이 들었다. 저울, 계량컵, 계량스푼과 같은 베이킹 도구 하나 없이 눈대중으로 만든 그야말로 '내 맘대로 베이킹'이었지만 생각보다 맛이 괜찮았다. 당시 베이킹 도구나 틀을 마련할 생각을 하지 못했던 건, 전기밥솥의 밥통을 베이킹 볼 삼아 원볼 베이킹으로 해도 큰 불편을 느끼지 못했기 때문이다.

어릴 적 내 요리의 역사가 그때그때 냉장고에 있는 재료에서 시작됐듯, 베이킹의 시작도 그랬다. 정해진 레시피를 따라 만들기보다는 스트레스 없이 손쉽게 만들 수 있는 베이킹을 즐겼다. 집에 있는 과일과 잼, 생크림을 층층이 쌓아 트라이플을 만들어 영국인 친구에게 현지에서 맛봤던 것과 비교해 맛이 어떤지 물었다. "트라이플은 과일의 조합이 맛을 좌우한다고 생각하는데 블루베리와 라즈베리잼이 잘 어우러져 맛있다"는 친구의 말에 나는 더 용감한 베이킹을 시도하게 됐다.

오븐 없이도 간단히 만들 수 있는 떠먹는 피자, 티라미수, 치즈케이크, 푸딩, 단술빵, 찐빵 등을 만들어 친구들과 나눠 먹었다. 예쁜 포장은커녕 반찬 통이나 쿠킹 포일에 돌돌 말아서 가져갔으니모양은 그야말로 엉망진창이었을 텐데도 "맛있다"며 엄지척을 해주는 친구들의 반응이 그저 좋았다.

초콜릿 케이크, 생크림 케이크, 바나나 타르트, 단호박 타르트등에 들어가는 생크림을 만들 땐 거품기로 빠른 속도로 수십 분 동안 저어서 만들어야 했는데 그 과정이 녹록지 않았다. 용감하고 무식한 베이킹이 시작된 건 이때부터다. 질감이 생명인 생크림을 믹서기에 넣고 그냥 돌려버린 것이다! 어떻게 그토록 용감하고 무식한 베이킹을 할 수 있었을까 싶지만, 당시엔 믹서기에 돌려 오버 휘

핑된 생크림까지도 맛있게 느껴졌다는 게 그저 신기할 따름이다.

단호박 타르트를 만들고 남은 단호박 필링에 생크림을 넣어 단호박 아이스크림을 만들고, 초코 케이크를 만들고 남은 초코 필링으론 초코 아이스크림을 만들었다. 꿀과 마시멜로를 넣어 만든 바닐라 아이스크림, 두부와 두유를 넣어 만든 두부 아이스크림도 눈대중만으로 용감하게 만들었다.

대학 졸업 후에 한 대기업의 최종 면접에서 받았던 질문은 지금도 잊히지 않는다. 영어 면접을 보는데, 심층 면접이 있을 거라는 후기와 달리 취미를 물었다. 나를 포함한 네 명의 면접자 중 첫 번째 면접자는 '영어로 생각하기'가 취미라고 해 무척 당황했다. 두 번째 면접자는 '세계 여행을 하며 사진 찍는 것', 세 번째 면접자는 '오케스트라 관람'이라고 하는 걸 들으니 나도 뭔가 그럴싸한 걸 얘기해야 할 것만 같은데, 딱히 떠오르는 것이 없었다. 어느덧 내 차례가 되었고 "맛있는 걸 만들어 먹이는 것이 취미입니다"라고 솔직하게 답했다.

한순간 심사위원과 면접자들의 이목이 쏠려 당황스러웠지만, 그들도 내 답변에 꽤 당황한 듯했다. "요리를 잘하나 봐요?"를 시작으로 기억에 남는 요리가 무엇인지, 요리를 누구에게 만들어 주는지, 요리 관련 자격증은 있는지, 최근에 만든 요리 중 가장 맛있던 건 어떤 건지 등 급작스러운 질문 세례에 마치 요식업 관련 면접을 보러 온 듯한 착각이 들 정도였다.

요리를 얼마나 잘한다고 생각하는지, 왜 좋아하는지에 대한 질문에 "저는 요리 자격증이 있는 것도, 만든 것이 다 맛있는 것도 아니기 때문에 제가 요리를 얼마큼 잘한다고는 할 수 없습니다. 다만 제가 만든 음식을 누군가 맛있게 먹는 모습을 볼 때, 게다가 맛있다는 말까지 들으면 더 맛있는 걸 만들어 주고 싶어집니다. 이것이 제가 요리를 좋아하는 이유입니다"라고 답했다.

가장 화기애애하게 오랫동안 면접을 보고는 뚝 떨어진 결과에 당황스러웠지만, 내가 맛있는 음식을 만들어 먹이는 것을 눈이 반짝일 정도로 좋아한다는 걸 그 면접을 통해 다시 한번 깨닫게 됐다. 세상에서 가장 듣기 좋은 말, 기분 좋은 말은 예나 지금이나 내겐 "맛있다"라는 말이다.

올리브유의 난難

일본에서 보낸 대학 시절, 학교에는 46개국에서 온 유학생과 교환 학생이 많았고, 나는 '유학생회'라는 동아리 활동을 했다. 유학생회에서는 일본인 학생과 유학생들이 매달 문화 교류를 할 수 있는 행사를 기획했다.

그 기획팀은 브라질, 이탈리아, 타이완, 홍콩, 말레이시아, 도미니카공화국 등 각기 다른 나라에서 온 유학생 10명으로 구성됐다. 이따금 한국인끼리 대화해도 소통이 어려울 때가 있는데 팀원들과 제2외국어로 소통하는 것이 원활할 리가 없었다. 소통이 잘된다는 건 단지 언어뿐 아니라, 그 나라의 문화를 알고 이해하는 것이 바탕이 되어야 비로소 가능하다는 것을 시간이 지날수록 더욱 깨닫게 됐다. 2년 동안 유학생 기숙사에서 생활하며 다양한 나라의 문화 중 특히 식食문화를 접했던 경험은 다양한 식재료를 응용해 베이킹을 하는 데 좋은 밑거름이 되었다.

기숙사에서 친구들과 만나는 장소는 주로 라운지였다. 그곳엔 주방도 있어서 음식을 같이 만들어 먹거나 식사하는 일이 잦았다. 당시 러시아 모스크바대학에서 온 교환 학생 중 바비 인형처럼 예쁜 친구가 있었는데 종종 올리브유를 큰 머그잔에 가득 채워 마시는 걸 볼 수 있었다. 어느 날 그는 내게 "올리브유는 건강에도 좋고 피부에도 좋은데 마셔 볼래?"라며 500㎖는 너끈히 들어갈 큰 머그잔에 올리브유를 콸콸 따라서 권했다.

그동안 올리브유라면 샐러드에 소량만 뿌려 먹어봤을 뿐인데, 족히 1년치는 될 만한 양의 올리브유를 한 번에 마시라니, 몹시 당황스러웠지만 차마 거절할 수 없었다. 반 정도 마시고 나니 올리브유 특유의 향 때문에 더 이상 넘기기가 쉽지 않았다. 꾸역꾸역 마시는 게 표정에도 드러났는지, 친구는 "처음엔 거북해도 다 마시고 나면 괜찮다"며 항산화에 좋은 올리브유의 효능을 쉼 없이 말했지만 극한 체험 중인 내겐 들리지 않았다. 결국 올리브유가 담긴 컵을 싹 비웠고, 내 이마엔 식은땀이 맺혀 있었다.

이때 겪은 '올리브유의 난' 이후 다시는 올리브유를 먹을 일이 없을 것이라고 생각했는데 기이한 일이 벌어졌다. 이따금 올리브유가 생각나는 것이 아닌가. 목 넘김이 힘든 나머지 몇 번이나 내뿜을 뻔했던 올리브유였거늘 맛볼수록 그 향이 점점 좋게 느껴졌다. 지금은 올리브유를 가득 넣어 올리브 파운드케이크, 올리브 스콘 등을 만들 정도로 올리브유의 풍미를 즐기게 됐다.

당시에는 유학 생활 중 악화된 변비 때문에 흰쌀밥 대신 식이섬유가 풍부한 현미와 흑미를 섞어 먹었는데, 한번은 호주에서 온 친구가 밥 색깔이 왜 검은지 물었다.

사정을 들은 친구는, 호주에서 아침 식사로 자주 먹는다는 오트밀에 바나나, 사과, 블루베리 등 과일을 섞어 직접 만든 '오트밀 포리지oatmeal porridge'를 건넸다. 오트밀에 식이섬유가 많아 변비에도 좋을 거라는 설명을 덧붙였는데, 처음 봤을 때 마치 죽 위에 과일을 얹어 놓은 것 같다고 생각했다. 하필 죽을 좋아하지 않는 데다가 죽과 과일의 조합이 생소했지만, '올리브유의 난' 이후로 더 이상 먹지 못할 건 없었다.

친구는 블루베리, 바나나, 자몽, 무화과, 사과 등의 과일을 잔뜩 올려주었다. 좋아하는 과일이 담뿍 있어서인지, 거부감을 느꼈다는 게 무색하리만큼 맛있었다. 한 입만 먹어보라고 권했을 텐데 너무나 맛있게 먹는 내게, 친구는 자신의 아침 식사를 내주었다.

오트밀 포리지를 통해 내게 오트밀은 포만감이 풍부하고 배변 활동에 도움이 되는 것, 과일과 잘 어울리는 음식으로 각인됐고, 지금은 베이킹할 때 쟁여두고 쓰는 재료가 되었다. 만들면 '순삭'할 정도로 즐겨 먹는 오트밀 대추야자 쿠키는 유학 시절 먹던 오트밀 포리지를 떠올려 만들게 됐다. 오트밀과 달콤한 대추야자, 고소한 피칸, 호두, 캐슈너트를 넣어 가볍게 식사 대용으로 즐기기에도 손색이 없다. 오트밀은 쿠키 외에도 스콘, 파운드케이크, 타르트 시트 등에 넣어 다양한 메뉴에 사용하고 있다.

어느 날은 인도네시아에서 온 친구가 라운지에 모래를 채운 조그만 병을 들고 왔다. 정말 맛있는 거라며 병뚜껑을 열고 꺼낸 것은 다름 아닌 벌레였다. 당시엔 벌레를 키워 먹는다는 사실만으로도 충격이었는데, "먹어볼래?"라는 말에 그만 아연실색하고 말았다.

하지만 내가 청국장을 먹고, 된장찌개, 파김치를 먹는 모습은 그들에게도 낯설 거라는 생각이 드니, 그 친구에겐 벌레가 즐겨 먹는 간식거리일 수 있겠다 싶었다. 유학하는 동안 벌레 초밥을 직접 접해본 적은 없지만, 벌레로 만든 초밥을 파는 곳이 있었다. 생각해보면 어릴 때 번데기를 맛있게 먹곤 했다. 또 시골에서 메뚜기튀김을 먹어본 적도 있다. 벌레도 하나의 음식 재료로서 다른 나라에서는 대중적이고 일반적인 재료가 될 수 있다고 생각하니 처음 느꼈던 충격에서 벗어날 수 있었다.

그동안 늘 먹는 것, 익숙한 것 위주로만 먹었던 나는 기숙사 생활을 하며 여러 나라의 다양한 음식을 접할 수 있었다. 그때의 경험 덕분인지 베이킹에 흔히 쓰지 않는 맥문동, 갈근, 우엉, 연근 등의 한약재나 채소 등으로 베이킹하는 것을 즐긴다. 한약재로 두루 쓰이는 맥문동이나 금은화로 만든 스콘이라고 하면 첫 반응은 "특이하다"라고 하거나 손사래를 치는 경우가 대부분이다. 아마도 내가 올리브유의 난을 겪었을 때, 혹은 간식용 벌레를 처음 마주했을 때와 같은 느낌이거나 생소해서가 아닐까 싶다. 그런데 막상 맛보면 손사래 쳤던 첫 반응과 달리 "한약재로도 베이킹을 할 수 있구나"라며 맛있게 먹는다. 그런 모습을 볼 때면 왠지 모를 짜릿함이 느껴진다.

첫 베이킹 클래스

취업 후 첫 월급을 받고서 설레는 마음으로 산 건 머핀 틀, 타르트 틀, 스크래퍼, 주걱, 볼, 포장 재료 등 베이킹 도구들이었다. 대학생 때 눈대중으로 만들었던 '내 맘대로 베이킹'이 아닌 제대로 된 도구를 갖춰 만든 건 이때가 처음이었다. 계량해서 만든 반죽은 눈대중으로 만들었던 반죽과는 질감이 확연히 달랐다.

퇴근 후 집에 돌아오면 아홉 시, 그때부터 베이킹을 시작해 설거지까지 마무리하면 새벽 한두 시를 훌쩍 넘기곤 했다. 분명 피곤한 몸을 이끌고 시작한 베이킹이었는데, 끝날 무렵엔 오히려 몸이 가뿐해지는 듯했다.

2007년엔 베이킹 관련 유튜브나 SNS는커녕 베이킹 클래스도 많지 않아 주로 레시피 북을 참고했다. 그러나 초보인 내게 책에 등장하는 재료를 전부 갖추기란 쉽지 않았고, 만드는 과정을 따라 하기도 쉽지 않아 시도도 못 해보고 책을 덮곤 했다. 그때부터 마트나 온라인몰에서 쉽게 구할 수 있는 친숙한 재료로 만들 수 있는 베이킹을 하게 됐다. 이를테면 요거트로 보들보들한 식감의 요거트 파운드케이크와 스콘을 만들고, 콘플레이크와 호두, 아몬드, 크랜베리 등의 건·견과류를 버무려 콘플레이크 쿠키 등을 만들었다.

직장에서 연차가 쌓일수록 점점 바빠져서 베이킹을 하는 시간
보다 빵집 투어를 하며 사 먹는 일이 잦아졌다. 베이킹하는 횟수는
줄었지만 빵집 투어를 하며 빵의 맛, 식감, 풍미 등을 메모하기 시
작했는데 빵집 투어를 거듭할수록 빵에 관한 메모가 빼곡해졌다.

당시 앙버터를 좋아해서 빵집에 들르면 바게트 앙버터, 스콘 앙
버터, 크루아상 앙버터, 치아바타 앙버터 등 앙버터라고 쓰여있는
건 무조건 싹 쓸어 담았다. 그리고 각 앙버터의 맛과 식감, 풍미 등
을 기록했다. 그동안 숱하게 맛본 버터의 맛과 느낌 등을 기록한 메
모는 비건 버터를 만들 때 도움이 됐다. 캐슈너트, 현미유, 코코넛
오일, 소금, 식초, 두유 요거트 등 식물성 재료로 만드는 비건 버터
는 논비건 버터의 풍미나 맛을 그대로 재현할 수는 없지만, 비타민
B가 풍부한 뉴트리셔널 이스트nutritional yeast를 가미해 건강한 버
터를 만들 수 있다.

쿠키나 스콘을 만들 때 비건 버터를 넣으면 풍미와 식감이 좋아
져서 나는 더욱 다양한 재료로 비건 버터를 만들어 봤다. 생캐슈너
트 대신 아몬드가루나 캐슈너트가루 등으로도 만들어 보고, 두유
요거트, 코코넛오일, 소금 등 최소한의 재료로도 만들어 봄으로써
다양한 비건 버터의 맛과 식감을 비교해 볼 수 있었다.

밀가루 단식을 계기로 비건·글루텐프리 빵집을 찾아다니다가

내가 직접 만들어서 먹어보고 싶다는 생각을 하게 된 건, 채워지지 않는 몇 가지 아쉬움이 있었기 때문이다. 먼저 빵집까지의 거리가 만만치 않았다. 먼 곳까지 찾아갔는데 막상 입에 맞지 않거나 빵을 먹은 후 두드러기가 올라오는 경우도 있어 '내가 배워서 만들어 보자'는 마음으로 베이킹 클래스를 알아보기 시작했다.

10여 년 전과는 달리 비건 베이킹 클래스를 수강할 수 있는 곳이 많았다. 가루, 액체류 등의 재료를 직접 계량해서 만들어 볼 수 있고, 원가를 계산하는 것까지 배워보고 싶어서 창업 클래스도 함께 알아봤다. 제과제빵으로 유명한 르꼬르동블루, 나카무라아카데미 출신의 선생님들이 가르치는 곳부터, 개인이 독학해서 가르치는 곳까지 다양했다. 떨리는 마음으로 비건 레시피 4회, 비건·글루텐프리 레시피 4회, 총 8회 과정의 창업 클래스에 등록했다.

클래스에서는 비건·글루텐프리 베이킹에 대한 기초를 익힐 수 있었다. 이와 함께 선생님 및 수강생들과 공통 관심사인 베이킹에 대해 이야기꽃을 피우는 베이킹 수다는 빼놓을 수 없는 즐거움이었다. 캐슈너트 크림으로 만드는 비건 케이크, 논비건 찰떡 피칸 타르트 등 배워보고 싶었던 메뉴는 원데이 클래스를 수강해 비건과 논비건 베이킹의 차이를 알아 나갔다.

기초를 다진 후 실험 베이킹과 도돌이표 베이킹을 거쳐 완성한 레시피를 SNS에 하나씩 업로드하기 시작했다. 맥문동, 갈근, 식혜 등 베이킹에 흔히 사용하지 않는 재료로 만든 레시피였기 때문일까, 업로드한 게시물이 늘어날수록 사람들이 종종 궁금해하는 공통 질문이 있었다.

"베이킹 책을 보며 독학하신 건가요, 아니면 클래스에서 배운 대로 만드신 건가요?"

그러면 나는, 밀가루 단식에서 시작해 직접 비건·글루텐프리 베이킹을 하며 보내는 요즘의 나의 즐거움을 답으로 말씀드린다.

"클래스에서 비건 베이킹의 기초를 배우기도 했고, 베이킹 책을 보는 것도 좋아해요. 하지만 건강한 재료로 실험 베이킹, 도돌이표 베이킹을 하면서 안심하고 먹을 수 있는 나만의 레시피를 만드는 베이킹을 가장 즐기고 있어요."

궁금증이 풀릴 때까지,
'도돌이표 베이킹'

"앞으로 알아낼 것이 많다는 건 참 좋은 일 같아요.
만약 이것저것 다 알고 있다면 무슨 재미가 있겠어요?
그럼 상상할 일도 없잖아요."
—《빨간 머리 앤》 중에서

나에게 있어 앞으로 알아낼 것이 많아 좋았던 건 상상의 나래를 펼치며 개발해 내는 베이킹 레시피였다. 필요한 재료들을 바로바로 살 수 없을 땐 일단 상상 속 장바구니에 담아두고, 재료가 준비되면 만들었다. 그렇게 만든 것이 바로 쑥 무화과 스콘, 새우 스콘, 라즈베리 코코넛 스콘 등이다. 직접 만들어 보지 않고는 절대 알 수 없는 식감, 질감, 맛이지만, 이전에 만들었던 스콘의 식감, 맛 등을 토대로 스콘을 맛있게 먹을 상상을 하며 레시피를 만들었다.

쌀가루와 현미가루, 쌀가루와 병아리콩, 글루텐프리 제빵용 현미가루와 치아시드, 글루텐프리 제빵용 쌀가루와 두유 요거트 등 다양한 조합으로 수십 가지 버전의 레시피를 만들었다. 비건 베이커리에서 사 먹었거나 창업 클래스에서 배웠던 비건 스콘 특유의 목 메는 식감보다는 좀 더 부드러운 식감의 스콘을 먹고 싶었기 때문이다.

"선생님, 지난주에 만들었던 목 메는 식감의 스콘보다 좀 더 부드러운 식감으로 만들고 싶은데 어떻게 하면 좋을까요?"

내 호기심은 클래스에서 질문으로 이어졌다. 하지만 기대와는 달리, "목 메는 식감이 비건 스콘의 특징이고, 그런 식감을 즐기려 먹는 것"이라는 답이 돌아왔다. 하지만 사람마다 입맛은 천차만별이고, 나처럼 좀 더 부드러운 식감의 스콘을 좋아하는 사람도 있기 마련이다. 궁금한 걸 참지 못하는 성격인 나로서는 어떻게든 입맛에 꼭 맞는 스콘을 만들고 싶었다.

그때부터 현미가루, 쌀가루, 귀리가루를 베이스로 상상의 나래를 펼치며 생각해 두었던 스콘 레시피를 하나씩 만들어 보기 시작했다. 수십 가지 버전의 스콘 모두 식감과 질감, 맛이 달라도 너무 달랐다. 기존에 먹었던 목 메는 식감보다 10배는 더 목 메는 식감의 스콘을 만드는가 하면, 한 입 베어 물자마자 부스러지는 식감의 스콘을 만들기도 했다.

가루의 종류와 그램 수가 조금만 차이 나도 식감과 맛이 달라져 베이킹을 왜 '1g의 과학'이라고 하는지 알 것 같았다. 현미가루와 쌀가루, 귀리가루, 장단콩가루, 콩비지파우더 등 가루류의 섞는 비율에 따라 반죽의 질감, 식감 차이가 두드러졌다. 특히 글루텐프리 제빵용 쌀가루와 현미가루를 섞어 만든 스콘은 액체류의 흡수율이 더 높은 데다 식감은 훨씬 묵직했다.

입맛에 꼭 맞는 나만의 레시피를 만드는 건 스콘뿐 아니라 모든 메뉴가 마찬가지였다. 예를 들어 치아시드를 넣어 만든 파운드 케이크의 경우 치아시드를 물에서 불려보기도 하고, 두유와 레몬즙을 함께 섞어 불려보기도 했다. 불리는 시간을 최소 30분에서 최대 하루까지 늘려 가면서 각 반죽의 질감과 식감을 비교해 보았다. 그 밖에 베이킹파우더와 레몬즙을 넣는 시점에 따라 반죽 부풀기와 식감이 어떻게 달라지는지 등, 한 메뉴에 빠지면 만족스러운 레시피를 완성할 때까지 아쉬운 부분을 보완해 만들고 또 만드는 도돌이표 베이킹을 이어갔다.

하나의 메뉴가 완성될 때까지 수십 번은 맛봐야 할 시식 전쟁이 예고돼 있어서였을까. 이런 나를 지켜보는 시식단인 가족들은 한 번씩 움찔하는 듯했다. 때로는 차마 맛보라고 하기 민망할 정도로 망치기도 했다. 그러다가 또 레시피, 오븐 온도 등을 다시 점검하고, 식감과 맛을 체크하며 맛보다가 금세 다 먹어버리고 마는 나는 어쩔 수 없는 빵순이라는 생각이 들었다. 나야 빵순이라 그렇다 쳐도, 빵보단 떡을 더 좋아하는 엄마는 도돌이표 베이킹을 하는 딸 때문에 떡과 점점 멀어지는 중이다.

엄마는 원래 빵 중에선 갓 구운 토스트에 버터와 딸기잼을 바른

것과 앙버터를 좋아하셨다. 그런데 하루가 멀다고 내가 만드는 비건·글루텐프리 베이킹 시식단으로 활동해서일까? 이제 버터는 냄새만 맡아도 느끼하다고 하신다. 게다가 내가 만든 걸 맛봐 주시느라 현미가루와 귀리가루 등으로 만들어 하나만 먹어도 포만감이 들어서 떡 드실 틈이 없다는 엄마를 위해, 비록 증기로 쪄낸 떡은 아니지만 오븐에 구운 찰떡파이를 만들어 드렸다.

찰떡파이는 찹쌀가루를 베이스로 단호박, 고구마, 밤, 대추야자, 마카다미아, 캐슈너트를 넣어 겉은 바삭하고 속은 쫀득한 식감이다. 일반 떡에 비할 수는 없지만 엄만 구운 찰떡파이가 떡보다 더 맛있다고 하신다. 이제는 좋아하던 떡보다 내가 만들어 드린 디저트를 찾는 걸 보면 죄송하면서도 괜스레 뿌듯한 마음이 들기도 한다.

내 오븐 온도를
아는 일

쑥과 무화과를 좋아하는 내게, 쑥 무화과 스콘은 가장 만들어 보고 싶었던 메뉴 중 하나였다. 입맛에 맞는 식감의 쑥 무화과 스콘을 만들기 위해 쌀가루, 귀리가루, 현미가루, 글루텐프리 제빵용 쌀가루, 글루텐프리 제빵용 현미가루를 각기 다른 비율로 아몬드가루와 감자전분을 더해 만들었다.

가루류의 비율에 맞춰 두유, 코코넛밀크, 오트밀크, 완두콩밀크 등의 다양한 식물성 밀크와 포도씨유, 현미유, 코코넛오일 등의 식물성 오일의 액체류 비율을 달리해 넣거나 식물성 밀크 대신 아쿠아파바Aquafaba(병아리콩을 삶은 콩물), 쌀누룩 요거트, 두유 요거트를 넣어 만들어 보기도 했다.

온도에 따라 고체도 되고 액체도 되는 코코넛오일로 만든 스콘은 저온에서 굳는 성질을 이용해 반죽을 냉장 휴지한 후 구우면 더 바삭해졌다. 스콘 위에 올려 구운 크럼블엔 고체 상태의 코코넛오일을 섞어 구우니 버터를 넣은 것처럼 바삭했다.

쌀가루, 현미가루, 귀리가루, 글루텐프리 제빵용 쌀가루와 현미가루를 각각 15㎏ 이상씩 쓰고 나서야 바삭한 식감, 묵직한 식감, 겉은 바삭하고 속은 촉촉한 식감, 부드러운 식감 등 스콘의 다양한 식감을 내는 재료와 비율을 알아낼 수 있었다.

쑥 무화과 스콘을 만들기 위한 도돌이표 베이킹을 하며 깨달은
건 스콘의 맛과 식감뿐 아니라 내가 사용하는 오븐의 온도를 알게
됐다는 것이다.

오븐을 교체한 후 온도계와 오븐 온도는 10~15도 차이가 났다.
예를 들어 170도로 구울 땐 180~185도로 설정해야 했다. 오븐 앞
에서 지켜보고 있지 않으면 어느 순간 180~185도 이상으로 오르
거나 오븐 앞쪽과 오븐팬 테두리 부분에 있는 반죽이 타버려 중간
중간 오븐에서 팬을 뺀 후 반대 방향으로 바꿔서 넣어 줘야 했다.
매번 구울 때마다 구움색은 제각각이거나 까맣게 타 버리기도 했
다. 오븐 AS를 신청하려고 문의했더니 흔히 있는 일인 듯, 좀 더 써
본 후에 다시 연락을 달라고 했다.

쑥 무화과 스콘은 150도부터 185도까지 오븐 온도를 5도씩 올
려서 구우며 식감과 구움색 등을 체크했다. 쑥 본연의 색을 유지하
면서도 목 멤이 없는 식감을 내기 위해선 낮은 온도로 좀 더 긴 시
간 동안 구워야 했다. 이는 쑥가루나 녹차, 연잎, 단호박가루를 넣
을 때도 마찬가지였다. 이처럼 재료의 특성뿐 아니라 오븐 팬을 하
나만 넣어 구울 때, 두세 판을 동시에 구울 때도 설정해야 할 온도
는 달라졌다.

"사용하는 오븐 온도에 맞춰 구울 것"이란 문구는 베이킹 서적
이나 클래스 등에서도 빠지지 않고 나오는데 오븐 온도를 아는 일

이란 결국 내 오븐의 온도에 맞는 베이킹에 익숙해지는 것이었다. 도돌이표 베이킹을 하면서 내 오븐의 온도를 정확히 파악한 후에야 입맛에 꼭 맞는 쑥 무화과 스콘을 맛볼 수 있었다. 좋은 레시피를 만드는 것 이상으로 오븐의 온도를 아는 것이 중요하다는 것을 실감하게 됐다. "추후 베이커리를 오픈할 예정이라면 연습하는 오븐과 같은 걸로 사용하는 게 좋아요. 급작스레 오븐을 바꾸면 기존 레시피의 온도를 수정해야 할지도 몰라요"라고 조언해 줬던 업계 관계자의 말이 어떤 뜻인지 알 것 같았다.

이 책에 수록한 레시피는 대부분 소량으로 만들 수 있도록 구성했다. 그 이유는 아무리 좋은 레시피라도 오븐 사용이 미숙하거나 내가 사용하는 오븐 온도를 맞추지 못해 결과물이 좋지 않으면 특히나 더 힘이 빠질 수도 있기 때문이다. 또한 입맛은 천차만별이기에 처음에는 소량으로 만들어 보는 것이 재료를 허투루 쓰지 않을 수 있는 좋은 방법이다.

도돌이표 베이킹을 하면서 생긴 습관 중 하나는 170도로 구워야 한다면 같은 온도에서 구울 메뉴 두 가지를 만들어 한 번에 굽는 것이다. 또한 고구마 베이킹을 할 경우엔 고구마 머핀, 고구마 스콘, 고구마 비스코티 등 '고구마 풍년' 베이킹을 하곤 한다. 각 메뉴에 고구마를 전부 사용하지만 식감도 맛도 다르게 맛볼 수 있는 데다 삶은 고구마를 남김없이 쓸 수 있기 때문이다.

이러한 베이킹 습관은 이 책에 수록한 레시피 곳곳에 담겼다.

170~175도로 구울 수 있는 메뉴들이 주를 이룬다. 병아리콩을 사용한 레시피(163~175쪽)의 경우 병아리콩을 불리고 삶는 김에 한 번에 다양한 메뉴를 만들어 볼 수 있도록 병아리콩 갈근 머핀, 흑임자 치아시드 스콘, 쑥 파운드케이크 등의 레시피로 구성했다.

하나의 레시피를 완성하기까지 숱하게 만들고 실패하면서 그 원인을 파악하고 깨닫는 과정이 내겐 베이킹을 하는 원동력이 된다. 향긋하게 퍼지는 쑥 향과 달달한 무화과로 입안을 가득 메우는 쑥 무화과 스콘을 한입 베어 물면, 도돌이표 베이킹을 하며 힘들었던 과정은 그새 희미해지고 다음엔 또 어떤 메뉴를 만들까 하고 기분 좋은 상상에 빠져든다.

| 도구 및 재료 소개

도구류 ▶

전자저울 / 계량 스푼 / 체

거품기 / 믹싱볼 / 실리콘 주걱

스크래퍼 / 밀대 / 푸드 프로세서

원형 케이크 틀 1호 / 3㎝ 원형 틀

머핀 틀 / 티그레 틀

실리콘 몰드 (실리코마트 011, 028, 055, 058, 085)

짜주머니 / 테프론 시트 / 유산지

* 케이크 틀을 자주 사용한다면 테프론 시트를 케이크 틀의 모양에 맞춰 자른 후 사용하면 다회용으로 쓸 수 있어 좋다.

가루류

현미가루, 쌀가루, 귀리가루는 생가루를 사용한다. 레시피에서 귀리가루와 오트밀은 밥스레드밀 글루텐프리 제품을 사용했다. 레시피에서 사용한 글루텐프리 제빵용 쌀가루와 현미가루는 제빵용 가루이지만 스콘과 쿠키를 만들기에도 좋다. 글루텐프리 제빵용 쌀가루와 제빵용 현미가루는 푸드림스 제품을 사용했다.

베이킹파우더 ▶

알루미늄이 포함되지 않은 알루미늄프리 베이킹파우더 제품을 사용한다.

레몬즙

레몬즙을 두유와 섞으면 버터밀크를 대체할 수 있을 정도로 걸쭉해져 두유와 지방분의 유화가 잘 된다. 또한 알칼리성 베이킹소다와 섞으면 결과물이 잘 부풀 뿐 아니라 베이킹소다의 쓴맛을 줄일 수 있다. 향료가 첨가된 레몬즙은 인공 향이 남으므로 되도록 향료가 첨가되지 않은 레몬즙을 사용한다.

식물성 오일 ▶

식물성 오일을 사용한다. 코코넛오일은 향이 없는 오일을 사용한다. 코코넛오일은 24도 이하에서 굳는 성질이 있기 때문에 굳었을 때는 중탕해서 사용한다.

오븐 온도 ▶

온도와 시간은 사용 중인 오븐의 사양에 맞춰 알맞게 조절한다. 사용하는 오븐에 따라 굽는 시간과 온도가 다를 수 있기 때문에 구운 후 구움색, 꼬치 테스트를 반드시 시행해 본다.

[만들어 봐요]

비건 · 글루텐프리 재료로 쉽고 맛있게 즐기는 베이킹

바나나 브레드나 당근 브레드에 고소한 호두나 피칸 등 좋아하는 견과류를 넣어 만들면 더 맛있게 즐길 수 있다. 견과류에 묻은 먼지나 불순물을 제거하는 것을 견과류 전처리라고 하는데 레시피에 나오는 견과류는 모두 전처리 후 사용한다.(86쪽 참고) 전처리한 견과를 사용하면 더 고소하게 맛볼 수 있다.

| 바나나 브레드

Yield

원형 케이크 틀 1호 | 1개 분량

Ingredients

쌀가루 80g / 현미가루 20g / 아몬드가루 35g
감자전분 25g / 베이킹파우더 6g / 베이킹소다 2g
바나나 100g / 두유 75g / 레몬즙 1T / 포도씨유 40g
비정제당 50g / 소금 한 꼬집
토핑용 호두분태 적당량 / 토핑용 메이플시럽 적당량

* 바나나의 당도에 따라 비정제당의 양을 조절한다.

Recipe

1. 케이크 틀에 유산지를 넣어 준비한다.
2. 볼에 쌀가루, 현미가루, 아몬드가루, 감자전분, 베이킹파우더,
   베이킹소다를 체 쳐서 준비한다.
3. 푸드 프로세서에 바나나, 두유, 레몬즙, 포도씨유, 비정제당,
   소금을 넣고 갈아준다.
4. 2에 3을 따라 넣고 실리콘 주걱으로 뭉침 없이 골고루 반죽한다.
5. 케이크 틀에 반죽을 팬닝한 다음 반죽 위에 호두분태를 토핑하
   고 메이플시럽을 적당량 발라준다.
6. 오븐 170도에서 35~40분 정도 굽는다.

| 당근 브레드

Yield

실리콘 몰드 실리코마트 028 | 6개 분량

Ingredients

쌀가루 30g / 현미가루 80g / 아몬드가루 30g / 시나몬가루 1/2t
감자전분 20g / 베이킹파우더 6g / 베이킹소다 2g
당근 75g / 두유 100g / 사과즙 20g / 포도씨유 35g
비정제당 40g / 소금 한 꼬집
피칸분태 40g (토핑용 포함)

Recipe

1. 푸드 프로세서에 깍둑썰기 한 당근을 넣고 갈아준다.
2. 볼에 쌀가루, 현미가루, 아몬드가루, 시나몬가루, 감자전분, 베이킹파우더, 베이킹소다를 체 쳐서 준비한다.
3. 다른 볼에 두유, 사과즙, 포도씨유, 비정제당, 소금을 넣고 포도씨유가 잘 섞이도록 거품기로 골고루 섞는다.
4. 3에 2를 넣고 가볍게 섞은 후 1과 피칸분태를 넣고 실리콘 주걱으로 뭉침 없이 골고루 반죽한다.
5. 반죽을 실리콘 몰드에 팬닝한 다음 반죽 위에 피칸분태를 적당량 토핑한다.
6. 오븐 175도에서 25분 정도 굽는다.

궁금할 땐
실험 베이킹

클래스에서 통밀로 만든 단호박 파운드케이크 수업을 들은 후 글루텐프리 베이킹을 하는 나로선, 현미가루나 쌀가루로 만들어 보고 싶어졌다. 클래스 선생님께 통밀 레시피를 현미가루나 쌀가루로 바꿔 만든다면 가루류와 액체류의 양을 어떻게 맞추면 좋을지 질문했다. 선생님은 "쌀가루나 현미가루는 수분을 더 많이 흡수하기 때문에 수분량을 조절해야 한다"고 답해 주셨다. 궁금증이 한번 발동하면 해소되어야 하는 탓에, 통밀 레시피인 단호박 파운드케이크를 쌀가루와 현미가루로 바꿔 만들어 봤다.

단호박 파운드케이크를 만들기 위해 선생님의 조언대로 수분을 더 흡수한다는 현미가루와 쌀가루의 양을 줄여 넣었다. 두유나 오일 등의 액체류는 통밀 레시피와 같은 양으로 넣어 단호박 파운드케이크 반죽을 만들었다. 브랜드에 따라 현미가루나 쌀가루의 질감 차이는 있겠으나 가루의 양을 줄여 넣으니 반죽이 질어져, 통밀과 같은 양을 넣은 후에야 반죽 질감이 얼추 맞았다. 그러나 막상 구워져 나온 단호박 파운드케이크는 쫀득한 떡의 식감에 가까웠다. 다시 가루류와 액체류의 양을 바꿔 만들며 단호박 파운드케이크 실험 베이킹에 골몰하다 보니 어느새 70여 차례나 만들게 됐다.

비건·글루텐프리 베이킹은 달걀을 휘핑하고 버터를 크림화하는 과정이 없어 일반 베이킹보다 만드는 과정은 간단하지만, 식물성 재료만을 이용해 반죽의 질감과 식감을 맞추는 과정이 녹록지 않았다. 그 과정에서 쌀가루, 현미가루의 비율에 맞춰 아몬드가루와 감자전분으로 조절하는 것이 단호박 파운드케이크의 식감을 잡는 데 더 효과적임을 알게 됐다.

또한 단호박을 익히는 방법에 따라서도 차이가 났다. 단호박을 전자레인지, 찜기, 오븐 중에서 무엇으로 조리했는지에 따라 당도와 수분량이 달라졌다. 고구마도 군고구마가 더 달콤하듯, 단호박도 오븐에 구운 단호박의 당도가 훨씬 높았다. 단호박의 수분량에 따라 반죽에 넣는 두유, 오일, 시럽 등 액체류의 양을 조절하면서 반죽했다.

하루는 단호박 파운드케이크만 주야장천 만드는 내게, 친구는 "같은 메뉴를 반복해 만드는 게 힘들거나 재미없지 않아?"라고 물었다. 물론 결과물은 같은 단호박 파운드케이크이지만 단 한 번도 같은 레시피로 만든 적이 없기 때문에 되레 만들 때마다 새로웠다.

단호박의 양을 늘려 만들었을 땐 촉촉한 식감이 배가 되었고,

병아리콩이나 두부를 함께 넣어 만들었을 땐 담백한 달달함에 포만감이 더해졌다. 두유와 레몬즙에 불린 치아시드와 대추야자시럽에 졸인 단호박을 넣어 만든 단호박 파운드케이크는 폭신한 식감에 쫀득하고 달콤한 단호박을 함께 맛볼 수 있었다.

막걸리의 재발견

베이킹을 할 때 식재료가 구하기 어렵거나 만드는 과정이 복잡하고 까다로우면 만들고 싶은 마음이 삭 사라져 버릴 때가 있다. 내겐 반죽한 다음에 발효시켜야 하는 식빵 종류가 그랬다. 식빵을 좋아해서 수년 전에는 직접 반죽을 치대어 만들어 보기도 했지만 실패의 연속이었다.

그런데 문득 냉장고에 있던 막걸리를 보고 발효주인 막걸리로 식빵을 만들면 발효과정을 생략해도 되지 않을까 하는 생각이 들었다. 일반 식빵에 견줄 수는 없지만 무반죽, 무발효로 간단하게 식빵을 만들 수 있다면 그것만으로도 좋을 것 같았다. 일단 글루텐프리 제빵용 쌀가루와 제빵용 현미가루를 동량으로 계량한 후 막걸리, 두유, 코코넛오일, 크랜베리 등을 넣어 반죽했다.

갓 구운 두 종류의 막걸리 식빵은 진한 막걸리 향에 겉은 바게트처럼 바삭하고, 속은 일반 식빵보단 쫀득한 식감이었다. 식빵보다는 막걸리 브레드에 가까웠지만 발효나 반죽을 치대는 과정 없이, 반죽을 슬슬 저어 간단히 만들 수 있다는 것이 꽤 만족스러웠다. 먹고 남은 건 냉동실에 넣어 두었다 에어프라이어에 구워 먹으니 오븐에 갓 구운 것처럼 바삭했다. 막걸리 향 때문에 과연 잼이 어울릴까 싶었는데, 딸기잼, 블루베리잼, 오렌지잼 등과도 잘 어울렸고 발사믹식초와 샐러드에 곁들여 식전 빵 대용으로도 안성맞춤이었다.

막걸리로 만든 디저트는 뜨거운 오븐에서 구워지는 동안 알코올은 날아가고 은은한 막걸리 향만 남는다. 그간 갑상샘항진증으로 생긴 가슴이 두근거리는 증상 때문에 좋아하던 막걸리를 한 잔도 마실 수가 없었던 나는 막걸리 베이킹의 매력에 푹 빠져 버렸다.

밤 막걸리, 옥수수 막걸리, 땅콩 막걸리, 글루텐프리 막걸리, 요거트처럼 떠먹는 막걸리 등 다양한 종류의 막걸리로 밤 케이크, 옥수수 브레드, 피넛버터 머핀, 시나몬 대추야자 쿠키, 코코넛 망고 브레드, 크랜베리 스콘 등을 만들어 봤다. 막걸리와 어울릴 것 같지 않은 피넛버터, 코코넛, 망고 등의 재료는 신기할 정도로 잘 어울려 맛볼 때마다 놀라곤 했다. 겨울에 따뜻하게 데운 막걸리에 시나몬을 섞어 뱅쇼 느낌으로 마시던 걸 베이킹에 접목해 시나몬과 대추야자를 넣어 만든 막걸리 쿠키는 은은한 막걸리의 향미와 잘 어우러졌다.

막걸리는 식혜와도 궁합이 좋았다. 막걸리, 식혜, 두유, 즐겨 마시는 티를 함께 우려 거품기로 잘 섞은 후 냉동실에 얼렸다 꺼내면 티 막걸리 슬러시를 맛볼 수 있다. 식혜를 넣으면 따로 당을 첨가하지 않거나 줄여 넣어도 돼서 베이킹할 때 액체류 재료로 사용하기도 한다. 막걸리나 식혜로 만들었다고 하면 대부분 '특이하다, 신기하다'는 반응이 이어지곤 한다.

사실 식혜는 유학 시절 아이스크림을 만들 때 자주 사용하던 재료였다. 일본에선 식혜나 감주를 넣어 만들었고, 지금은 집에서 직접 만든 식혜를 사용한다. 두유와 식혜를 베이스로 만든 아이스크림은 셔벗 느낌으로 맛볼 수 있다. 기호에 맞는 식물성 밀크나 좋아하는 티를 식혜에 섞어 만들거나 흑임자 또는 캐러멜라이징Cara-melizing한 견과, 좋아하는 과일을 갈아서 만들면 티 아이스크림, 흑임자 아이스크림, 견과 아이스크림 등이 된다.

마치 실험하듯 다양한 재료와 방법으로 베이킹을 하다 보면 예상치 못하게 맛없는 음식이 만들어지기도 하고, 기대 이상으로 맛있는 레시피가 만들어지기도 한다. 실험 베이킹을 거듭할수록 사용하는 재료의 특성을 더 잘 알게 되고, 나만의 레시피가 하나둘 늘어가는 기쁨을 만끽하는 것, 그 기쁨에 중독되어 가는 것이 실험 베이킹이 가진 크나큰 매력이다.

막걸리 베이킹

막걸리 베이킹하면 흔히 찜기에 쪄내는 막걸리 빵을 떠올리지만 스콘, 쿠키, 식빵 등 막걸리로 만들 수 있는 디저트는 무궁무진하다. 단 사용하는 막걸리 종류에 따라 맛과 풍미가 달라질 수 있다. 레시피에서는 글루텐프리 생막걸리를 사용했다.

| 막걸리 크랜베리 스콘

Yield

미니 스콘 6개 분량

Ingredients

제빵용 쌀가루 90g / 아몬드가루 45g / 베이킹파우더 6g
비정제당 32g / 소금 한 꼬집 / 생막걸리 48g
현미유 25g / 크랜베리 30g

Recipe

1. 볼에 제빵용 쌀가루, 아몬드가루, 베이킹파우더를 체 쳐서 준비한다.
2. 다른 볼에 비정제당, 소금, 생막걸리를 넣고 거품기로 골고루 섞는다.
3. 2에 현미유를 넣고 현미유가 잘 섞이도록 거품기로 골고루 섞는다.
4. 3에 1을 넣고 가볍게 섞은 후 크랜베리를 넣고 실리콘 주걱으로 뭉침 없이 골고루 반죽한다.
5. 반죽을 하나로 뭉친 후 높이 1.5㎝의 원형 모양으로 만든 다음 6등분해 팬닝한다.
6. 오븐 170도에서 18~20분 정도 굽는다.

막걸리 옥수수 브레드

Yield

실리콘 몰드 실리코마트 011 | 8개 분량

Ingredients

쌀가루 100g / 거친 옥수수가루(국내산) 45g / 감자전분 25g
베이킹파우더 6g / 베이킹소다 2g / 생막걸리 80g / 두유 33g
비정제당 45g / 포도씨유 40g / 통조림 옥수수 60g

토핑용 피칸

피칸분태 25g / 메이플시럽 10g / 소금 한 꼬집

Recipe

1. 볼에 쌀가루, 거친 옥수수가루, 감자전분, 베이킹파우더, 베이킹소다를 체 쳐서 준비한다.
2. 다른 볼에 생막걸리, 두유, 비정제당을 넣고 거품기로 골고루 섞는다.
3. 2에 포도씨유를 넣고 포도씨유가 잘 섞이도록 거품기로 골고루 섞는다.
4. 3에 1을 넣고 가볍게 섞은 후 옥수수를 넣고 실리콘 주걱으로 뭉침 없이 골고루 반죽한다.
5. 4의 반죽을 짜주머니에 넣은 후 실리콘 몰드에 팬닝한다.
6. 오븐 170도에서 25분 정도 굽는다.
7. 냄비에 피칸분태와 메이플시럽, 소금을 넣고 약불에서 타지 않도록 저으면서 졸인다.
8. 피칸분태가 끈적일 정도로 졸여지면 불을 끈 후 식힌다.
9. 실리콘 몰드에서 분리한 막걸리 옥수수 브레드의 오목하게 들어간 가운데 부분에 8을 적당량 토핑한다.

2
소중한 것을 지키는 베이킹

쾌변 쿠키

지인이 "쾌변 쿠키 또 만들어 줄 수 있어?"라고 말하는 전화기 너머로 네 살 아이의 "또똥 쿠키!"라고 외치는 목소리가 들려왔다.

"뭐? 똥 쿠키라고?"

똥 쿠키라는 말을 듣고 웃음이 터져 나왔지만 이름 한번 기막히게 지었다는 생각이 들었다. 똥 쿠키, 그러니까 쾌변 쿠키는 천연 변비약으로 불리는 푸룬과 식이섬유를 다량 함유한 치아시드를 넣어 만든 쿠키이다. 이 쿠키를 지인의 네 살배기 아이가 먹은 후에 쾌변을 보게 돼서 붙여진 이름이다.

오랜 세월 '악성 변비인'으로 살아온 나는 네 살 아이의 고통을 그 누구보다 공감할 수 있었다. '악성 변비인'으로 불리게 된 건 대학교 1학년 여름, 한 달여 동안 대변을 보지 못한 시점부터였다. 악성 변비인에게 열흘 정도 화장실에 못 가는 건 일상이라 견딜 만했다. 3주 차에 접어들면서 극강의 변비약과 유통기한이 지난 우유와 유제품 등을 먹어봤지만 유당불내증으로 더 더부룩해져 엎친 데 덮친 꼴이 돼버렸다.

화장실에 못 간 지 한 달이 다 되어 가자 친구는 이 정도면 기네

스북감이라며 얼굴이 누렇디누렇게 뜬 나를 병원으로 끌고 갔다. 유학하는 동안 만난 일본인 중 이렇게 놀란 표정을 한 사람은 이때 만난 의사 선생님이 처음이자 마지막이었던 것 같다. 거의 한 달 동안 화장실에 못 간 사람은 20여 년 만에 처음이라고 했으니 소스라치게 놀랄 만도 하다.

어마어마했던 관장 이후 원인은 알 수 없지만, 나는 더욱 극심한 변비에 시달렸다. 그러나 관장을 또 하고 싶진 않아 해볼 수 있는 건 다 해봐야겠다고 생각하던 때, 변비에 좋다며 한창 방송에서 떠들썩했던 푸룬의 효능이 떠올라 곧 실행에 옮겼다. 입이 궁금할 때마다 건푸룬을 먹었고, 주스로도 마셨다. "내 몸 안에 폭포수가 있었다"던 푸룬 구매자들의 후기와 같은 드라마틱한 일은 일어나지 않았지만, 그 이후 관장을 하러 가는 일은 없었다.

그나마 나는 변비의 고통을 말로 표현할 수라도 있지만, 아직 말도 제대로 못 하는 네 살 아이는 얼마나 힘이 들까 싶어 식이섬유, 오메가3, 칼슘, 칼륨, 마그네슘, 철분이 풍부한 치아시드와 푸룬으로 아이가 먹을 간식을 만들어 보기로 했다.

치아시드는 수용성 식이섬유로, 물을 흡수하면 열 배 정도의 끈적한 젤 형태로 부푸는 성질이 있다. 이렇게 부푼 치아시드는 체내에 수분을 유지하는 데 도움을 주고, 장내 환경 개선, 각종 유해균과 독소를 흡착해 체외로 배출함으로써 변비 개선에 도움을 준다. 치아시드는 물과 섞였을 때 빠르게 부푸는 차전자피와 달리 천천히 부푸는 것이 특징이다. 천천히 팽창하기 때문에 포만감을 오래 유지해 다이어트 식품으로도 손색이 없다.

가루류로는 식이섬유가 풍부한 귀리가루와 현미가루를 배합했다. 이 과정에서 맛과 식감, 당도 등을 조절하기 위해 도돌이표 테스트를 거치다가 신기한 일을 겪었다. 당시 나는 대학생 때의 '악성 변비인'이란 타이틀만 벗었을 뿐, 매일 화장실에 가진 못했다. 그런데 쿠키 테스트를 거듭하며 알람이라도 맞춰 놓은 듯 오전 여덟 시만 되면 신호가 왔다. 생각지도 못한 '쾌변 셀프 임상' 효과를 보니 아이가 먹어도 맛있는 푸룬과 치아시드를 넣은 간식을 조금이라도 빨리 만들어 주고 싶어졌다.

처음엔 제빵용 현미가루와 쌀가루를 섞어 스콘으로 만들었다. 아이가 먹을 것이라서 또래인 다섯 살 조카에게 먹여 봤더니 묵직한 식감이 입에 맞지 않았는지 연신 물을 찾았다.

다시 귀리가루와 아몬드가루를 섞어 비스킷으로 만들었더니 한 입 베어 물자마자 우수수 떨어지는 부스러기의 양이 어마어마했다. 머핀으로 만들었을 땐 머핀 안에 물러진 푸룬의 모양이 비주얼에 예민한 아이들에겐 거부감이 들 것 같아 패스. 또다시 현미가루와 귀리가루를 베이스로 코코넛밀크와 두유에 불린 치아시드를 넣어 한입에 쏙 넣어 먹기 좋은 볼 쿠키 형태로 만들었다. 곁에 있던 조카가 치아시드 볼 쿠키를 순식간에 열 개나 집어 먹는 걸 보면서 아이에게 줄 쿠키를 서둘러 만들었다.

이 쿠키가 아이의 변비에 당장은 도움이 되지 못하더라도, 이왕 먹는 간식이라면 식이섬유가 풍부한 것으로 먹으면 좋겠다는 마음으로 지인에게 전달했다. 푸룬의 달달함이 아이의 입맛에 맞았는지 잘 먹는다고 했다. 얼마 지나 지인은 "변을 볼 때마다 울고불고 하던 아이가 쿠키를 먹어서인지 변을 보는 것이 편해졌어. 고마워"라며 소식을 전했다.

아이가 전보다 변을 편히 보게 된 것이 쿠키 때문인지 아닌지는 모르겠지만, 고마운 건 나도 마찬가지였다. 아이 덕분에 푸룬과 치아시드로 쿠키를 만들어 볼 수 있었고, 무엇보다 나 역시도 매일 화장실에 가게 됐으니 쾌변 쿠키, 이보다 더 잘 어울리는 이름이 또 있을까.

기쁨 더하기
베이킹

요리하는 게 가장 귀찮다던 친구 K는 아이를 낳고 요리하는 즐거움, 아이에게 간식을 만들어 주는 기쁨이 뭔지 알 것 같다고 한다. "'노오븐 베이킹'이라고 검색해서 나오는 레시피 그대로 따라 만들어 보지만 한 번도 성공해 본 적이 없다"며 만날 때마다 오븐 없이 쉽게 만들 수 있는 베이킹이 없는지 묻곤 한다.

구하기 쉬운 재료로 간단히 만들 수 있는 노오븐 베이킹 중 가장 먼저 떠오른 건, 어릴 때 즐겨 만들었던 팬케이크 그리고 종이컵에 쪄서 먹었던 찐빵이었다. 당시엔 시판용 핫케이크가루로 팬케이크와 찐빵을 만들었는데 이번엔 쌀가루를 베이스로 한 비건·글루텐프리 재료로 팬케이크와 찜 머핀을 만들어 보기로 했다.

폭신한 식감을 상상하며, 아마씨가루를 물에 불린 후 반죽에 넣어 구웠다. 하지만 상상은 상상일 뿐, 얇은 크레이프가 되고 말았다. 쌀가루 100g 분량의 반죽을 전부 구우니 크레이프 한 판 분량이 됐다. 크레이프 사이에 두유 요거트와 블루베리잼을 곁들여 먹으니 맛은 있었지만, 팬케이크는 아니었던 것.

친구도 아이도 바나나를 좋아하는 것을 고려해 두유와 레몬즙을 섞은 것에 쌀가루, 감자전분, 으깬 바나나를 넣어 반죽해 구웠다. 아마씨를 넣어 구웠던 것과는 달리 바나나 팬케이크는 좀 더 폭신한 식감으로 일반 팬케이크에 견주어도 손색이 없었다. 팬케이크를 돌돌 말아서 자른 후 바나나, 블루베리, 팬케이크를 교차해 꼬치에 꽂아 아이에게 건네니 눈 깜짝할 새 해치우는 것이 아닌가. K는 오늘 바로 남편에게 만들어 주겠다며 레시피를 꼼꼼히 메모했다.

찜기를 이용한 베이킹도 노오븐 베이킹 중 빼놓을 수 없는 조리법이다. 어릴 땐 종이컵에 반죽을 담아 쪄내곤 했는데 찜기 내 수증기로 종이컵이 흐물흐물해졌다. 종이컵에서 나오는 환경 호르몬을 생각하면 지금은 생각도 못 할 일이지만, 중학교 때만 해도 종이컵에 딱 달라붙은 찐 머핀을 호호 불어가면서 맛있게 먹었더랬다.

K는 머핀을 찜기로 찌지만 오븐에 구운 것 같은 식감의 머핀이었으면 좋겠다는 미션을 제시했다.

"팬케이크도 크레이프의 과정은 거쳤지만 결국은 만들었잖아. 실험 베이킹이다 생각하고 만들어 주면 안 돼?"

망친 것도 맛있을 거라며 두 눈을 반짝이는 K를 보니, 오븐에 구운 머핀과 같은 식감의 찜 머핀을 만들어 주고 싶다는 의지로 불타올랐다. 반죽이 되직하면 찐빵의 쫀득함보다는 좀 더 포슬포슬한 식감이 되지 않을까 싶어, 쌀가루와 전분가루를 8대 2의 비율로 섞고 두유의 양은 줄여 되직한 반죽을 만들었다. 하나는 찐 단호박을 으깨 넣은 단호박 반죽으로, 다른 하나는 쑥가루를 섞은 반죽에 수제 팥앙금

을 넣어 만들었다. 식감 차이를 비교하기 위해 각각 찜기와 오븐에 넣었다.

오븐은 오븐창 너머로 얼마나 부푸는지 구움색은 어떤지 확인할 수 있지만, 찜기는 중간에 뚜껑을 열어 보면 안 될 거 같아 짧은 시간임에도 1분 1초가 길게 느껴졌다. "띠디디 띠디디", 15분으로 맞춰 놓은 타이머가 울렸고, 찜기에서 막 꺼낸 김이 모락모락 나는 머핀을 한 입 베어 물었다.

첫 맛은 아니나 다를까, 쫀득한 식감에 찜기로 머핀을 만드는 건 역시 무리구나 싶었다. 마침 오븐에 넣어 구운 머핀이 다 구워져 맛을 보려는데, K는 "대박! 찜기로도 머핀이 만들어지는구나. 엄청 신기하다"며 호들갑을 떠는 것이 아닌가. 한 입 베어 물고 말았던 머핀을 다시 맛보았다. 머핀의 겉 식감은 찜기로 쪄내 쫀득한 식감일 수밖에 없지만, 속은 일반 머핀의 식감과 비슷해 맛보면서도 어떤 게 오븐으로 구운 것인지, 찜기로 찐 것인지 분간이 되지 않았다.

그날 이후 찜 머핀 레시피를 응용해 자색 고구마 머핀, 막걸리 머핀, 옥수수 동동주 머핀, 카레 감자 머핀 등을 만들었다. 자색 고구마 머핀부터 카레 감자 머핀까지 차례대로 맛본 K는 그동안 오븐 중에서도 소음이 있는 편인 카페나 베이커리에서 사용하는 종류의 오븐을 사기 위해 남편을 설득하는 중이었다고 한다. 그런데 "찜 베이킹으로도 충분할 것 같다"며 오븐 구입은 잊은 채 찜 베이킹에 푹 빠져 지내고 있다.

비건·글루텐프리 베이킹을 하면서 꼭 만들고 싶었던 건 열한 살, 다섯 살인 조카 두 명이 건강하고 맛있게 먹을 수 있는 간식이었다.

둘 다 치아가 약해 세 살 때부터 치과 치료를 받고 있다. 조카들은 좋아하는 음식은 꿀떡꿀떡 잘 삼키지만, 입맛에 맞지 않거나 배가 부르면 음식을 삼키지 않고 입에 꼭 물고 있는 습관이 있었다. 치과에서는 그렇게 음식을 입에 물고 있는 습관이 충치의 가장 큰 원인일 수 있다고 했다. 언제부턴가 나도 조카들에게 입에 물고 있지 말고 음식을 얼른 삼키라고 말하는 일이 잦아졌다. 그러다가 조카들이 꿀떡하고 삼킬 수 있는 간식은 어떤 게 좋을지 고민하며 만들기 시작했다.

초코 쿠키부터 두부로 만든 초코 크림을 올린 초코 머핀, 병아리콩으로 만든 브라우니, 아보카도와 대추야자를 갈아 넣어 만든 초코 타르트, 코코넛밀크와 다크커버춰초콜릿을 녹여 넣은 초코 스콘 등 다크초콜릿을 베이스로 한 초코 베이킹에 주력했다.

버터와 생크림 등의 풍미에 익숙해져 있던 조카들이 어느덧 식물성 재료로 만든 맛에 점점 익숙해지면서부터는 조카들이 평소 잘 먹지 않던 당근, 대파, 애호박 등의 채소를 넣은 스콘, 머핀, 쿠키 등을 만들어 주기 시작했다. 조카들은 처음에 맛있게 잘 먹다가도 대파가 들어갔다고 일러주면 이내 표정을 찡그리곤 했다. 하지만 이제는 쌉싸래한 금은화를 넣은 쿠키도 맛있게 잘 먹는 모습을 보면서, 다음에는 또 어떤 메뉴를 만들어 주면 좋을지 이내 행복한 고민에 빠지게 된다.

원볼 베이킹 오트밀 쿠키

다섯 살 조카 2호는 베이킹하는 걸 재밌어한다. 그래서 조카와 함께하는 주말에는 쉽고 간단한 메뉴를 같이 만든다. 반죽을 밀대로 밀어 쿠키 틀로 찍는 쿠키류와 재료를 넣어 쓱쓱 섞어 반죽만 하면 되는 원볼 베이킹으로 제격인 오트밀 쿠키를 자주 만든다. 오트밀을 넣어 만든 쿠키는 그냥 먹어도, 잘게 부숴서 두유 요거트나 오트밀크에 말아 먹어도 맛있다.

피넛버터 초코 오트밀 쿠키

Yield

쿠키 지름 6.5㎝ | 6개 분량

Ingredients

제빵용 쌀가루 50g / 시나몬가루 1/4t / 피넛버터 50g
다크청크초콜릿 30g / 오트밀 60g / 두유 47g
비정제당 30g / 코코넛오일 20g
피칸분태 20g (토핑용 포함)

* 시나몬가루는 생략 가능

Recipe

1. 볼에 두유, 비정제당을 넣고 거품기로 골고루 섞는다.
2. 1에 피넛버터를 넣고 거품기로 골고루 섞는다.
3. 2에 제빵용 쌀가루, 시나몬가루를 체 쳐서 넣고 가볍게 섞은 후 코코넛오일과 오트밀을 넣고 섞는다.
4. 3에 피칸분태와 다크청크초콜릿을 넣고 실리콘 주걱으로 뭉침 없이 골고루 반죽한다.
5. 반죽을 하나로 뭉친 후 6등분으로 나눠 동그랗게 만든 후 팬닝한 다음 반죽 위에 피칸분태를 토핑한다.
6. 오븐 170도에서 15~17분 정도 굽는다.

| 비트 푸룬 오트밀 쿠키

Yield

쿠키 7개 분량

Ingredients

제빵용 쌀가루 75g / 비트가루 1/2t / 베이킹파우더 4g
두유 48g / 비정제당 25g / 코코넛오일 33g
푸룬 50g / 오트밀 50g

Recipe

1. 볼에 두유, 비정제당을 넣고 거품기로 골고루 섞는다.
2. 1에 제빵용 쌀가루, 비트가루, 베이킹파우더를 체 쳐서 넣고 가볍게 섞은 후 코코넛오일과 오트밀을 넣고 섞는다.
3. 2에 잘게 썬 푸룬을 넣고 실리콘 주걱으로 뭉침 없이 골고루 반죽한다.
4. 반죽을 하나로 뭉친 후 밀대로 밀어 가로 14.5㎝, 세로 12㎝의 사각형 모양으로 만든다.
5. 스크래퍼를 사용해 1.5㎝의 간격으로 7등분으로 나눈 후 팬닝한다.
6. 오븐 170도에서 13~15분 정도 굽는다.

좋아하는 것을
즐겁게 할 수 있는 것

♩♪♫

견과류에 묻은 먼지나 불순물을 제거하는 것을 견과류 전처리라고 한다. 전처리는 견과류를 흐르는 물에 여러 번 헹군 후 냄비에 담아 펄펄 끓는 물에 삶으며 시작한다. 삶은 견과는 채반에 받쳐 물기를 제거하고 175~180도 오븐에서 8~10분 정도 구워 준다. 이런 전처리 작업은 견과의 쓴맛을 잡아 주고 고소함을 더해, 베이킹에서 빼놓을 수 없는 준비 과정 중 하나다.

일렁이는 모닥불을 보며 불멍을 즐기듯, 나는 견과류를 전처리하며 오븐멍을 즐긴다. 호두와 피칸이 구워지며 송골송골 맺힌 기름을 바라보기도 하고, 케이크 틀에 편평히 담긴 반죽이 어느새 배를 볼록하게 내밀며 먹음직스러운 빵이 되어가는 것을 바라본다. 오븐멍을 즐기다 보면 이따금 번뜩하고 레시피 아이디어가 떠오를 때가 있는데, 그중 하나가 겉은 바삭하고 속은 군고구마를 먹는 듯 달콤한 비트 고구마 스콘이다.

갑상샘항진증과 안병증을 앓으며 항산화에 좋은 비트즙을 마시고 있는데 비트 특유의 향 때문에 목 넘김이 힘들어 코를 막고 마실 때도 있다. 오븐멍을 즐기다 문득, 달콤한 고구마가 왠지 비트 특유의 향을 잡아 줄 것만 같은 생각이 들었다.

쌀가루와 현미가루를 베이스로 한 반죽에 비트즙을 넣을 때만 해도 사실 큰 기대는 하지 않았다. 그런데 갓 구운 비트 고구마 스콘에선 비트 향이 전혀 느껴지지 않았다. 지금 먹고 있는 스콘만 그런 걸까 싶어, 다른 스콘을 집어 먹어보고, 다시 또 다른 스콘을 집어 먹다 보니 순식간에 여섯 개를 뚝딱 해치워 버렸다. 그동안 코를 막으면서까지 힘들게 마셨던 비트즙을 달콤한 고구마 향만 남은 비트 고구마 스콘으로 맛있게 먹을 수 있게 됐다.

2021년 6월 어느 주말에는 이런 일도 있었다. 점심까지만 해도 파운드케이크, 식빵, 마들렌, 쿠키 등을 잘 구워냈던 오븐이, 저녁에 감자 키쉬quiche를 구우려고 전원을 켜자 처음 보는 에러 메시지를 띄웠다. 당황해서 오븐에 있는 버튼이란 버튼은 다 눌러보고 전원을 몇 번이나 껐다 켜 봤지만 여전히 먹통이었다. 순간 가슴이 철렁 내려앉았다. 주말이라 서비스센터에 연락할 수도 없었다. 초조한 주말을 보내고 평일에 바로 AS를 신청했는데 기사님 방문까지는 시간이 걸린다고 했다. 당연히 베이킹은 쉴 수밖에 없었고, 기사님 방문 예정일만 손꼽으며 안절부절못하는 모양이 마치 '오븐 금단 현상'을 겪는 사람 같았다.

한편으로는 좋아진 점도 있었다. 베이킹을 쉬는 동안 아팠던 어깨, 손목, 팔, 허리, 다리의 통증이 줄었다. 매일 네다섯 종류의 베이킹을 해왔으니 통증이 계속될 수밖에 없었나보다. 물론 베이커

가 겪는 직업병에 비교할 수는 없지만 베이킹통痛이 어떤 것인지 조금은 알 것 같았다.

며칠 후 기다리고 기다렸던 AS 기사님이 방문했고 오븐의 고장 원인을 들을 수 있었다.

"평소에 베이킹을 많이 하시나 봐요. 고객님 오븐에서 나온 에러는 주로 영업장을 운영하는 분들이 사용하는 오븐에서 나타나는 에러입니다."

그러니까 오븐 사용량이 과다해져서 케이블에 영향을 줘 고장이 났다는 것이다. 하루도 빠짐없이 하얗게 불태운 도돌이표 베이킹을 하며 오븐도 나도 성이 나버린 모양이다.

오븐멍을 즐기고 베이킹통을 앓으며 오랫동안 스타트업 청년 대표들의 인터뷰를 연재했던 때가 떠올랐다. 비슷한 또래였던 청년 CEO들의 공통점은 모두 자신들이 좋아하는 일과 잘하는 일이 같다는 것이었다. 자신들이 잘하는 것이 무엇인지를 확고히 알고 있었고, 연신 행복한 표정으로 일을 즐기고 있었다. 청년 CEO들과 인터뷰할 때마다 그들의 활기찬 에너지에 내 멘탈도 함께 충전됨을 느꼈다.

어릴 때부터 내가 잘하는 것이 무엇인지 물으면 나는 쉬이 대답할 수가 없었다. 인터뷰를 마치고 집에 돌아오는 길, '언제쯤이면 내가 잘하는 게 무엇인지 알 수 있을까'라고 되뇌며 그들을 부러워하기도 했다.

베이킹통을 앓으면서도 그저 즐겁기만 한 베이킹을 통해 '좋아하는 것을 즐겁게 하는 것'이 내가 잘하는 것이라는 걸 비로소 알게 됐다. 허리와 어깨, 팔, 다리의 통증, 뜨거운 오븐에 여기저기 데면서도 자꾸만 하고 싶어지는 것, 더 건강하고 맛있게 먹을 수 있는 간식을 만들고 싶어지는 것, 하면 할수록 재밌는 것이 내겐 베이킹이었다. '잘한다'는 기준을 결과물로 판단하는 경우가 많다. 기사라면 특종이나 조회 수일 테고, 베이킹이라면 결과물의 맛일 것이다. 그러나 나는 결과에 일희일우하지 않는다. 결과물을 만들어 가는 과정 자체에 행복을 느끼기 때문이다.

콩비지 베이킹

두부를 만들 때 나오는 비지를 건조한 후 분말로 만든 콩비지파우더는 식이섬유, 불포화지방산, 단백질 등의 영양소가 풍부할 뿐만 아니라 콩 껍질의 비릿한 냄새가 나지 않고, 고소한 맛이 난다. 파우더 형태라서 반죽의 질감이 무르지 않아 쿠키나 스콘을 만들기에 좋다.

| 콩비지 표고버섯 쿠키

Yield

쿠키 지름 3㎝ | 28~30개 분량

Ingredients

귀리가루 49g / 콩비지파우더 25g / 표고버섯가루 3g
갈릭파우더 3g / 베이킹파우더 3g / 코코넛오일 35g
비정제당 25g / 소금 1g / 두유 45g

Recipe

1. 볼에 귀리가루, 콩비지파우더, 표고버섯가루, 갈릭파우더, 베이킹파우더를 체 쳐서 준비한다.
2. 다른 볼에 비정제당, 소금, 두유를 넣고 거품기로 골고루 섞는다.
3. 2에 1을 넣고 가볍게 섞은 후 코코넛오일을 넣고 실리콘 주걱으로 뭉침 없이 골고루 반죽한다.
4. 반죽을 하나로 뭉친 후 밀대로 밀어 높이 0.3㎝의 두께로 만든다.
5. 4의 반죽을 원형 틀로 찍어낸 후 팬닝한다.
6. 오븐 170도에서 10~13분 정도 굽는다.

콩비지 참깨 쿠키

Yield

쿠키 지름 3.5㎝ | 13개 분량

Ingredients

콩비지파우더 25g / 귀리가루 30g / 아몬드가루 20g
베이킹파우더 1g / 볶은 참깨(국내산) 20g / 두유 50g
비정제당 35g / 소금 한 꼬집 / 코코넛오일 25g
토핑용 아몬드 적당량

Recipe

1. 볼에 콩비지파우더, 귀리가루, 아몬드가루, 베이킹파우더를 체
   쳐서 준비한다.
2. 다른 볼에 두유, 비정제당, 소금을 넣고 거품기로 골고루 섞는다.
3. 2에 1을 넣고 가볍게 섞은 후 코코넛오일과 볶은 참깨를 넣고
   실리콘 주걱으로 뭉침 없이 골고루 반죽한다.
4. 반죽을 하나로 뭉친 후 13등분한 다음 둥글게 빚는다.
5. 둥글게 빚은 반죽을 팬닝한 다음 반죽 위에 아몬드를 올린 후
   꾹 눌러서 토핑한다.
6. 오븐 170도에서 13~15분 정도 굽는다.

두드러기가 쏘아올린
한방 베이킹

　지난해 6월부터 오른쪽 손등과 팔에 오돌토돌 발긋한 좁쌀 같은 두드러기가 올라왔다. 지금까지 음식이나 식중독으로 겪었던 알레르기와는 전혀 다른 형태였다. 항히스타민제를 먹고 가라앉았던 두드러기가 8월에 들어서자 귀부터 발끝까지 전신에 퍼졌다. 아침저녁 할 것 없이 극도의 소양감으로 긁느라 도무지 일에 집중할 수가 없었다. 저녁이 되면 더 심해져 한 손은 긁고, 한 손은 얼음찜질하며 뜬눈으로 밤을 지새워야 했다.

　가려움증과 두드러기에서 벗어나기 위해 매일 아침저녁으로 유명하다는 피부과와 알레르기 내과를 전전했다. 피부과는 가는 곳마다 진단이 달랐다. 음식 알레르기, 담마진(일시적으로 피부에 홍반과 부종을 동반해 발생하는 병), 온도 차에 따른 콜린성 두드러기, 접촉성 피부염이라며 스테로이드제와 항히스타민제를 처방해 주었다. 알레르기 내과에서는 자가면역질환 중 하나인 루프스가 의심된다고 진단했다. 몸에 열이 나면 더 간지러우니 운동하지 마라, 오히려 땀을 내서 피부의 독소를 빼 줘야 한다, 항히스타민제를 수개월, 수년 동안 먹다 보면 언젠가는 가라앉는다 등, 병원마다 진단과 처방이 달라 병원에 가면 갈수록 더 혼란스러워졌다.

각 병원에서 받은 약봉지는 수북이 쌓여갔다. 항히스타민제를 복용하던 중 부작용으로 심한 두근거림이 나타나서 더 이상 알레르기 관련 양약을 먹을 수 없게 되자 결국에는 한방으로 치료하게 됐다.

두드러기가 올라올 땐 특히 조심해야 하는 것 중 하나가 음식이었고, 비건·글루텐프리 음식에서 더 많은 걸 제한해야 했다. 고춧가루가 들어간 음식, 버섯, 콩, 두부, 채소, 과일까지도 먹을 수 없어서 백김치와 흰쌀밥만 먹으며 밤새 긁느라 잠을 못 잔 탓인지 몸무게가 38㎏까지 빠져버렸다.

그 어떤 여름보다 기온이 높았던 2021년 여름, 펄펄 끓던 폭염 속, 뜨거운 오븐 열기까지 쐬고 나면 팔에 두드러기가 더 심해져서 긴 소매 옷에 토시까지 끼고 베이킹을 해야 했다. 주변에서는 "베이킹하기 전엔 이렇게 두드러기 난 적이 없었는데 오븐 열기가 더해져 병이 난 거 같다"며 베이킹하는 걸 말리기 시작했다.

하지만 베이킹이 아닌 다른 일이었다면 찜통더위 속에서 견디지 못했을 것이다. 아무리 가렵고 따끔거려도 베이킹을 하는 동안엔 긁을 수 없는 데다 온 정신을 베이킹에 집중한 때문인지 덜 가렵게 느껴졌다. 베이킹 후 뒷정리까지 마치고 나면 마치 밀물처럼 몰려오는 극심한 소양감과 두드러기 발진으로 인한 고통은 이루 말할 수가 없었다. 그럼에도 매일 네다섯 종류는 만들어야 마음이 편했던 베이킹을 놓을 수는 없었다. 만들어 놓은 수십 가지의 레시피를 가만히 보고만 있느니 만든 후 가려움과 두드러기에 시달리는 편이 나았다.

베이킹을 하면서 두드러기 치료에 더 적합한 재료를 찾다가 한약재에 관심을 갖게 됐다. 2003년 사스(SARS·중증급성호흡기증후군)가 발발했던 때 치료제로 유명해진 인동덩굴의 꽃인 금은화가 떠올랐다.

금은화 추출물은 염증 반응을 억제해 한방에서는 다양한 피부질환의 약재로 쓰이고 있다. 금은화가루는 주황빛을 띠는데, 베이킹에 쓰면 색도 고울 것 같아 일단 주문부터 했다. 파운드케이크, 머핀, 쿠키, 스콘 등 다양하게 만들어 볼 생각에 한껏 들떠 있었다.

금은화로 처음 만든 건 무화과와 오트밀을 넣어 만든 스콘이었다. 반죽의 농도도 구움색도 완벽해 보였던 금은화 스콘을 오븐에서 꺼내자마자 설레는 마음으로 크게 한입 베어 물었다. 달콤한 무화과를 넣은 게 맞나 싶을 정도로 쓰디쓴 스콘에 몇 번이나 입을 헹궈내야 했다.

치명적인 쓴맛만 줄인다면 식감도 모양도 구움색도 전부 마음에 들었던 터라 금은화가루의 양을 줄여 다시 만들어 봤다. 쓴맛의 첫 기억이 너무 강렬했던 탓에 두 번째 만든 금은화 스콘은 충분히 식힌 후에 아주 소량만 떼어서 맛봤다. 첫 스콘만큼 쓴맛이 나지는 않지만, 금은화 특유의 쌉싸래함이 느껴졌다. 그 후 금은화의 쓴맛을 완화하기 위해 시나몬가루, 생강가루 등을 넣어 스콘, 쿠키,

비스킷, 타르트, 파운드케이크 등 다양한 종류로 만들어 봤다.

거듭된 금은화 베이킹에 시식단은 "온몸에 염증이란 염증은 싹 사라질 것 같다"며 어느새 금은화 맛에 익숙해져가고 있었다. 그러나 금은화의 쓴맛을 줄이는 것에만 초점을 맞추다 보니 금은화가 들어간 건지 아닌지, 금은화 베이킹의 특징을 찾아볼 수가 없었다. 먹기 편할 만큼 금은화의 쌉싸래함을 녹여낸 레시피로 수정해 다시 만든 메뉴 중 하나가 이 책에 수록한 금은화 오트밀 쿠키다. 대추야자와 은은하게 퍼지는 금은화의 쌉싸래함이 잘 어울린다.

쓰디쓴 금은화 베이킹을 하고 나니 쓴맛이 덜하거나 고소한 맛의 약재를 찾게 되었다. 기관지가 약한 엄만 매일 아침 맥문동차를 드시는데, 나도 한 번씩 맛봤던 맥문동차가 눈에 들어왔다.

맥문동은 외떡잎식물인 여러해살이풀의 뿌리다. 맥문동의 알뿌리를 거심(뿌리의 심지를 제거하는 것)한 후 볶아 만든 맥문동차는 보리차, 둥굴레차만큼이나 고소하다. 맥문동은 폐나 기관지가 건조할 때 촉촉하게 해주는 윤활제 역할을 하는 약초로 쓰인다. 당뇨나 중병을 앓은 후 강장 작용으로 기력을 돋우는 데, 또 위장, 심장, 폐의 열을 내리는 데 효과가 있다.

맥문동은 두근거림이 심한 갑상샘항진증 환자에게도 쓰는 약재 중 하나로 쓰여 망설임 없이 맥문동으로 스콘과 쿠키를 만들었다. 한방 쿠키가 이렇게 맛있어도 되나 싶을 정도로 입에 착 감기는 맛이었다. 점점 한방 베이킹에 매료되어 갈근, 참마, 연자육, 백복령,

구기자 등도 베이킹에 접목해 보았다.

참마는 생참마와 참마가루로 베이킹을 할 때 식감과 맛에 차이가 있었다. 생참마는 뮤신 성분의 끈적한 질감이 반죽을 잘 뭉치게 해주어 머핀이나 파운드케이크를 만들 때 잘 어울렸고, 참마가루는 바삭한 쿠키나 스콘을 만들 때 좋았다. 참마 특유의 쓴맛이 있지만 쓰디썼던 금은화 베이킹에 익숙해져서인지 더 이상 재료 고유의 맛에 거부감이 들지 않았다. 레시피에 수록된 참마 비스킷은 보슬보슬한 식감에 참마 특유의 맛을 살짝 남긴 비스킷이다.

두드러기가 쏘아올린 한방 베이킹은 더 건강한 재료로 베이킹을 할 수 있게 해준 셈이다. 아직 완전히 낫지는 않았지만, 두드러기로 가려워 긁느라 밤을 지새우는 일은 잦아들었다. '쉼 없이 한 금은화 베이킹 덕분에 두드러기가 나아진 것일까'라는 생각을 해보기도 한다. 두드러기를 겪으며 아토피를 앓는 지인과 친구 아이들의 마음을 전부 헤아릴 순 없겠지만, 어떤 괴로움인지 조금은 알 것 같았다.

요즘은 식물성 오일이나 베이킹파우더 등을 넣지 않고 최대한 재료 원물만으로 만들어 보고 있다. 맛과 식감은 물론 무엇보다 두드러기나 다른 걱정 없이 안심하고 먹을 수 있는 건강한 간식을 만들고 싶기 때문이다.

우유를 마시면 속이 불편해지는 유당불내증이 있고 밀가루는

물론 카페인이 함유된 음료도 못 마시는 나는 가려 먹어야 할 음식도, 조심해야 할 음식도 많다. 그래서인지 내가 먹어서 괜찮으면 믿고 먹는다는 주위 사람들 덕분에 더 건강하고 맛있는 간식을 만들어야겠다는 사명감을 느낀다.

다른 사람이 아닌 내 몸으로 직접 테스트할 수 있기 때문에 건강하지 못한 게 반드시 나쁜 것만은 아니라는 생각이 든다. 갑상샘항진증이 아니었다면 비건·글루텐프리 베이킹을 접할 일이 없었을 테니까. 베이킹은 어느덧 내게 긍정의 에너지를 불어넣어 주고 있었다.

한방 베이킹

지난 여름 전신에 퍼진 두드러기를 계기로 한약재를 넣어 만든 한방 베이킹을 하게 됐다. 한약재라고 하면 쓴맛을 떠올리기 마련인데 칡뿌리인 갈근을 활용하면 쓴맛 없이 고소하게 맛볼 수 있는 메뉴를 만들 수 있다. 갈근은 몸살 감기약으로도 많이 쓰이는데 특히, 감기 증상 중 고열과 두통을 완화하는 데 좋다.

금은화 데이츠 스콘

Yield

스콘 4개 분량

Ingredients

제빵용 현미가루 80g / 금은화가루 1/4t / 베이킹파우더 5g
두유 40g / 비정제당 25g / 소금 한 꼬집 / 현미유 25g
오트밀 45g / 대추야자 45g

* 금은화 특유의 쌉싸래함은 호불호가 있을 수 있어 기호에 맞게 금은화가루
의 양을 조절한다.

Recipe

1. 볼에 제빵용 현미가루, 금은화가루, 베이킹파우더를 체 쳐서
    준비한다.
2. 다른 볼에 두유, 비정제당, 소금을 넣고 거품기로 골고루 섞는다.
3. 2에 현미유를 넣고 현미유가 잘 섞이도록 거품기로 골고루 섞
    는다.
4. 3에 1을 넣고 가볍게 섞은 후 오트밀과 적당한 크기로 썬 대추
    야자를 넣고 실리콘 주걱으로 뭉침 없이 골고루 반죽한다.
5. 반죽을 하나로 뭉친 후 높이 1.5㎝의 정사각형 모양으로 만든
    다음 4등분해 팬닝한다.
6. 오븐 170도에서 18~20분 정도 굽는다.

| 마 비스킷

Yield

비스킷 지름 6㎝ | 6개 분량

Ingredients

제빵용 현미가루 70g / 마가루 1t / 귀리가루 50g
베이킹파우더 4g / 두유 40g / 비정제당 35g
코코넛오일 32g / 크랜베리 30g

Recipe

1. 볼에 제빵용 현미가루, 마가루, 귀리가루, 베이킹파우더를 체
   쳐서 준비한다.
2. 다른 볼에 두유와 비정제당을 넣고 거품기로 골고루 섞는다.
3. 2에 1을 넣고 가볍게 섞은 후 코코넛오일과 크랜베리를 넣고
   실리콘 주걱으로 뭉침 없이 골고루 반죽한다.
4. 반죽을 하나로 뭉친 후 6개 분량으로 나눠 동그란 모양으로 만
   든 다음 팬닝한다.
5. 오븐 170도에서 18~20분 정도 굽는다.

3
티Tea에 티를 더하다

티Tea에
티를 더한 베이킹

대학 졸업 이후로는 커피를 마시면 가슴이 콩닥콩닥 뛰는 두근 거림 증상 때문에 티를 즐겨 마시게 됐다. 카페인이 없는 루이보스 티를 비롯해 다즐링·아쌈·실론티, 우롱차, 백차, 녹차, 블렌딩 홍차, 과일이 블렌딩된 허브티 등 컨디션과 기분에 따라 티를 골라 마시 며 매일 소소한 즐거움을 만끽한다.

어느 날은 캐러멜 루이보스티를 마시게 됐는데 크리미한 캐러멜 의 달콤한 향이 입안을 가득 메웠다. 맛은 달지 않은데 달콤한 캐러 멜 향이 압도하는 캐러멜 루이보스티를 마시며, 베이킹을 해도 좋 겠다는 생각이 스쳤다. '캐러멜 루이보스티의 달콤한 향에 코코넛 을 더하면?' 그저 상상하는 것만으로도 달콤함이 전해지는 듯했다.

코코넛가루와 코코넛채를 베이스로 한 바삭한 식감의 캐러멜 루이보스티 사브레를 만들었는데, 캐러멜의 달콤한 향과 코코넛의 풍미는 상상 이상으로 조화로웠다. 코코넛밀크, 코코넛채와 라즈 베리잼을 섞어 만든 부드러운 식감의 캐러멜 루이보스티 비스킷, 캐러멜라이징한 견과류와 코코넛을 넣어 만든 캐러멜 루이보스티 스콘 등, 코코넛과 캐러멜 루이보스티는 찰떡같이 어울렸다. 코코넛 외에도 피넛버터와 크럼블을 올려 만든 캐러멜 루이보스티 머핀과 캐러멜 루이보스티의 향과 맛을 고스란히 맛볼 수 있는 티 케이크 등을 만들었다. 그동안 티는 따뜻하거나 차갑게 우려서 마시는 것으로만 여겼는데 좋아하는 재료와 티로 만든 티푸드를 함께 즐기니 소소한 즐거움이었던 티타임은 하루 중 가장 설레는 시간이 되었다.

매일 즐겨 마시는 티로 티 베이킹을 즐기다가 적도의 땅 케냐 그레이트리프트밸리Great Rift Valley 1,800미터 고원에서 생산되고 항산화 성분인 안토시아닌이 풍부한 퍼플티를 주원료로 하는 티tea 브랜드 '티퍼런스'에서 주최하는 〈티퍼런스 퍼플티 레시피 공모전〉에 참여하게 됐다. 새로운 티 베이킹 레시피를 만들어 볼 수 있어 설레기도 했지만, 퍼플티 티백 한 개를 마실 때마다 케냐 어린이 한 명이 하루 동안 안심하고 마실 물을 만드는 티퍼런스의 정수사업 지원에 보탬이 될 수 있어 더욱 뜻깊은 시간이었다고 생각한다. 총 여섯 종류의 퍼플티를 활용해 '비건·글루텐프리 티푸드 한상차림'이란 컨셉으로 도돌이표 티 베이킹을 시작했다.

여섯 종류의 퍼플티 중 가장 궁금했던 티는 코코넛과 카카오닙스가 함유된 코코 퍼플티였다. 합성향료, 인공감미료, 인공색소가 첨가되지 않은 퍼플티와 코코넛채, 카카오닙스 입자가 함유된 블렌딩 티로서 코코넛의 풍미가 가득했다. 코코 퍼플티로 처음 만든 건 코코넛밀크와 감자전분 등을 넣어 터키 아이스크림처럼 쫀득한 식감이 나게 한 코코넛 아이스크림이었다. 여기에 함께 곁들이면 코코넛의 풍미를 더 진하게 맛볼 수 있는 초코 코코넛 쇼트브레드와 코코넛 푸룬 오트밀 쿠키도 함께 만들었다. 코코 퍼플티는 어떤 재료와 만나도 빛을 발하는 마치 티계의 MSG 같았다.

사과, 비트, 당근을 주원료로 만든 ABC 주스를 담아낸 ABC 퍼플티로는 비트를 넣어 바삭한 식감의 비트 쿠키와 비트 피칸 사브레, 비트 고구마 컵케이크, 두유와 식혜를 베이스로 푸딩과 아이스크림 등을 만들었다. ABC 퍼플티는 시나몬, 고구마, 두유, 식혜 등 다양한 재료와 음료에 잘 어울리는 실패 없는 조합이었다.

색소가 아닌 퍼플티 고유의 진한 보랏빛을 띠는 시그니처 퍼플티는 고급스러운 향이 매력적이다. 물에 우리면 선명한 보랏빛을 띠고, 오트밀크나 두유에 우리면 물감을 풀어 놓은 듯 예쁜 연보라색을 띤다. 시그니처 퍼플티와 두유, 막걸리를 블렌딩해 막걸리 슬러시를 만들고, 사과주스와 비트를 넣어 달콤한 젤리 등을 만들었다.

늙은 호박과 귀리를 주원료로 한 오트 펌킨 퍼플티로는 옥수수를 넣어 고소한 옥수수 비스킷을 만들고, 단호박을 으깨 넣은 단호박 비스코티 등의 디저트로 최우수상을 수상했다.

티 베이킹을 하면서, 티 고유의 향이 가진 깊은 맛과 향 덕분에 다른 재료나 향신료를 더하지 않아도 티 하나만으로도 충분히 풍미 있는 베이킹을 즐길 수 있었다. 예를 들어 이탈리아 푸딩인 코코

넛 판나코타panna cotta를 만들 때 럼주나 바닐라 익스트랙 등의 풍
미를 잡아 주는 바닐라 향신료를 넣었다면, 코코 퍼플티로 만들었
을 땐 티 고유의 향과 맛 덕분에 럼주나 바닐라 익스트랙 없이도 티
의 깊은 풍미만으로 더 맛있는 비건·글루텐프리 코코넛 판타코타
를 만들 수 있었다.

한방티 효능도 챙기는
티 베이킹

평소 두통이나 체증이 있을 때 약을 먹기보단 손을 따는 것이 더 편해, 스무 살 때부터 파우치에 사혈 침을 챙겨 다녔다. 직장 내 선후배들을 비롯해 교통사고로 입원했을 때에 만난 간호사나 다른 병실의 환자에게까지 그동안 많은 사람의 손을 따 주었다. 그중에서도 가장 기억에 남는 사람은 인터뷰 중에 손을 따 주었던 인터뷰이다.

인터뷰 장소에 도착했을 때부터 안색이 좋지 않았던 인터뷰이는 창백한 얼굴로 속이 메스껍다고 했다. 인터뷰 장소 부근에 약국이나 병원도 없었던 데다 더 이상 인터뷰를 이어갈 수 없는 상황이 됐다. 인터뷰 중에 인터뷰이의 손을 딴다는 게 쉬이 할 수 있는 일은 아니지만, 다급한 상황이 되니 어느새 인터뷰이의 매니저는 인터뷰이의 등을 두드리고, 인터뷰이의 관계자는 손가락에 고무줄을 감고, 나는 손을 땄다. 손을 딴 후에도 계속해서 등을 쓸어내리고, 소화에 도움이 되는 양손의 합곡혈을 누르면서 안정을 취하고 나서야 인터뷰를 이어갈 수 있었다.

그날 이후 내게 '사혈 도사'라고 부르는 인터뷰이는 나를 만날 때면 "종종 속이 안 좋을 때도 군것질은 포기할 수 없다"고 했다.

먹고 싶은 걸 참는다는 게 얼마나 힘든 것인지 밀가루 단식 경험자로서 그의 마음이 이해가 됐다.

평소 즐겨 마시던 곽향과 소회향을 주재료로 만든 한방티 '소미차'가 머릿속을 스쳤다. 소화에 도움이 되는 소미차를 넣어 만들면 조금이나마 속 편한 간식을 먹을 수 있지 않을까 싶은 생각이 들었다.

소미차의 주재료인 소회향은 미나릿과의 여러해살이풀 '회향'의 과실을 건조한 것으로, 차와 향신료로 많이 쓰이는 펜넬Fennel이다. 펜넬은 소화를 돕는 작물로 꼽힌다. 또한 몸을 따뜻하게 해주어 몸이 냉하거나 생리불순 등 자궁 관련 질환에도 도움이 된다. 곽향은 습기 있는 곳에 자라는 꿀풀과의 여러해살이풀로 복부 팽만, 메스꺼움, 구토 등에 효과가 있다.

향긋한 소미차를 따뜻한 오트밀크에 우린 후 귀리가루와 오트밀, 찐 단호박을 으깨 넣어 단호박 오트밀 쿠키를 만들었다. 여기에 곁들여 먹으면 좋을 크림도 만들었다. 코코넛밀크, 코코넛오일, 찐 단호박을 베이스로 만든 크림을 쿠키에 발라 먹으니 좀 더 부드럽고 담백했다.

소미차로 만든 파운드케이크, 스콘, 머핀 등 속 편한 간식 꾸러미를 인터뷰이에게 건넸다. 그는 "한방티를 넣은 디저트라고 해서 쓴맛을 상상했는데, 향긋한 펜넬 향이 기분 좋게 느껴졌고, 속도 더 부룩하지 않아 좋았다"는 기분 좋은 후기를 전했다. 이에 나는 또 다른 한방티로 베이킹을 이어갔다.

다양한 티로 베이킹을 하면서 찻잎의 입자에 따라 그리고 찻잎을 우려서 넣느냐, 통째로 넣느냐에 따라 맛과 식감 차이가 크다는 것을 몸소 체험했다. 특히 쿠키나 스콘 등에 굵은 입자의 찻잎을 넣으면 중간중간 찻잎이 함께 씹히기 때문에 티 고유의 향과 맛이 훨씬 더 진하게 느껴진다. 물론 찻잎의 입자가 작아도 티 종류에 따라 맛이 더 진하게 느껴질 때도 있다.

다양한 종류의 티를 디저트로 만들어 보니 티의 양, 티와 함께 하는 재료와의 궁합, 티를 우려내는 시간과 농도, 찻잎 입자 등에 따라 맛과 식감은 천차만별로 달라졌다. 매일 컨디션과 기분에 따라 골라 마시던 티에 티를 더한 다채로운 맛과 식감의 디저트를 함께 즐길 수 있다는 것, 바로 이것이 티 베이킹의 매력이 아닐까?

티 베이킹

티를 베이킹에 활용하면 티의 풍미를 한층 더 깊이 있게 즐길 수 있다. 레시피에서는 케냐 그레이트 리프트 밸리 1,800미터 고원에서 생산한 항산화 성분인 안토시아닌이 풍부한 퍼플티, 제주에서 재배한 유기농 찻잎을 한국 전통 장류에서 추출한 균으로 발효한 후에 또 한 번 숙성해 풍미가 더해진 발효차를 블렌딩한 티, 소화기와 눈 건강에 도움이 되는 약재가 함유된 한방티로 만든 다양한 종류의 티 베이킹을 소개한다.

| 한방티 오트밀 쿠키

한방티라고 해서 쓴맛을 떠올린다면 오산이다. 한방티 고유의 맛이 잘 어우러지는 바삭한 식감의 한방티 오트밀 쿠키는 결명자의 씨앗인 초결명과 결막염, 안구충혈 등에 도움이 되는 감국이 함유된 춘원당 명하차로 만들었다.

Yield

Ingredients

제빵용 쌀가루 30g / 제빵용 현미가루 30g / 베이킹파우더 4g
춘원당 명하차 티백 1개 / 두유 40g / 건조 무화과다이스 40g
오트밀 50g / 현미유 20g / 비정제당 20g
토핑용 피칸 적당량

Recipe

1. 볼에 제빵용 쌀가루, 제빵용 현미가루, 베이킹파우더를 체 쳐서 준비한다.
2. 다른 볼에 두유와 명하차를 넣고 15분 정도 우린 후 티백을 뺀다.
3. 2에 비정제당과 현미유를 넣고 현미유가 잘 섞이도록 거품기로 골고루 섞는다.
4. 3에 1을 넣고 가볍게 섞은 후 오트밀과 건조 무화과다이스를 넣고 실리콘 주걱으로 뭉침 없이 골고루 반죽한다.
5. 반죽을 하나로 뭉친 후 6등분으로 나눠 동그란 모양으로 만든 후 팬닝한 다음 반죽 위에 피칸을 토핑한다.
6. 오븐 175도에서 15~17분 정도 굽는다.

| 한방티 시나몬 무화과 브레드

한방티 시나몬 무화과 브레드는 춘원당 소미차를 우려서 만든 부드러운
식감의 케이크다. 소미차는 앞서 소개했듯이, 소회향과 곽향으로 만든 차
로 소화에 도움이 되어 속 편한 한방티 시나몬 무화과 브레드를 맛볼 수
있다.

Yield

Ingredients

현미가루 100g / 아몬드가루 45g / 시나몬가루 1/3t
감자전분 20g / 베이킹파우더 6g / 베이킹소다 2.5g
춘원당 소미차 티백 1개 / 두유 140g / 레몬즙 1T
현미유 38g / 비정제당 48g / 소금 한 꼬집
건조 무화과다이스 50g / 토핑용 아몬드슬라이스 적당량

Recipe

1. 케이크 틀에 유산지를 넣어 준비한다.
2. 볼에 두유 90g과 레몬즙을 넣어 섞은 후 실온에 5~10분 정도 둔다.
3. 다른 볼에 나머지 두유와 소미차를 넣고 15분 정도 우린 후 티백을 뺀다.
4. 또 다른 볼에 현미가루, 아몬드가루, 시나몬가루, 감자전분, 베이킹파우더, 베이킹소다를 체 쳐서 준비한다.
5. 3에 2와 현미유, 비정제당, 소금을 넣고 현미유가 잘 섞이도록 거품기로 골고루 섞는다.
6. 5에 4를 넣고 가볍게 섞은 후 건조 무화과다이스를 넣고 실리콘 주걱으로 뭉침 없이 골고루 반죽한다.
7. 케이크 틀에 반죽을 팬닝한 다음 반죽 위에 아몬드슬라이스를 토핑한다.
8. 오븐 175도에서 35분 정도 굽는다.

| 티 글라사주 쿠키

글라사주glaçge는 매끈하게 윤을 낸다는 프랑스어에서 유래된 베이킹 용어다. 티와 만나는 '티 글라사주' 쿠키는 티퍼런스 시그니처 퍼플티와 티퍼런스 ABC 퍼플티 고유의 예쁜 빛깔과 향 그리고 달콤함을 담았다.

Yield

쿠키 지름 4.5㎝ | 8개 분량

Ingredients

쿠키

제빵용 쌀가루 20g / 제빵용 현미가루 40g / 아몬드가루 30g

베이킹파우더 1g / 애플소스 35g / 현미유 35g

비정제당 20g / 소금 한 꼬집

Recipe

1. 볼에 제빵용 쌀가루, 제빵용 현미가루, 아몬드가루, 베이킹파우더를 체 쳐서 준비한다.
2. 다른 볼에 애플소스, 현미유, 비정제당, 소금을 넣고 거품기로 골고루 섞는다.
3. 2에 1을 넣고 실리콘 주걱으로 뭉침 없이 골고루 반죽한다.
4. 반죽을 하나로 뭉친 후 8등분으로 나눈 다음 동그랗게 빚어 패닝한다.
5. 티 글라사주를 넣을 수 있도록 반죽 가운데 부분을 오목하게 만들어 준다. 티스푼으로 가운데 부분을 눌러주면 편하게 만들 수 있다.
6. 오븐 160도에서 15~17분 정도 굽는다.

티 글라사주

오트밀크 30g / 물 30g / 한천가루 0.5g

티퍼런스 시그니처 퍼플티 티백 1개

티퍼런스 ABC 퍼플티 티백 1개

비정제당 15g

Recipe

1. 냄비에 오트밀크, 물, 한천가루를 넣고 골고루 섞은 다음 시그니처 퍼플티 또는 ABC 퍼플티 티백을 넣고 10분 정도 우린다.
2. 1에 비정제당을 넣고 약불에 올려 끓어 오르기 시작하면 티백을 뺀 후 1분 정도 더 저으면서 끓인 후 불을 끈다.
3. 쿠키의 오목한 부분에 2를 채워 넣은 후 실온에서 굳힌다.

* 글라사주에 기포가 생겼을 땐 이쑤시개로 터트려 기포를 없애준다.

| 코코넛 망고 스콘

제주산 홍차와 망고, 복숭아 향이 가득한 오설록 트로피컬 블랙티로 만든
코코넛 망고 스콘은 티의 깊은 풍미와 코코넛과 건망고의 조화가 일품이다.

Yield

미니 스콘 6개 분량

Ingredients

제빵용 쌀가루 32g / 제빵용 현미가루 18g / 코코넛가루 35g

아몬드가루 30g / 베이킹파우더 4g

오설록 트로피컬 블랙티 티백 1개 / 무첨가두유 42g

현미유 20g / 비정제당 20g / 건망고 35g

토핑용 건망고 적당량

Recipe

1. 볼에 트로피컬 블랙티 티백 안에 든 찻잎과 두유를 넣고 10분 정도 우린다.

2. 다른 볼에 제빵용 쌀가루, 제빵용 현미가루, 코코넛가루, 아몬드가루, 베이킹파우더를 체 쳐서 준비한다.

3. 1에 현미유와 비정제당을 넣고 현미유가 잘 섞이도록 거품기로 골고루 섞는다.

4. 3에 2를 넣고 가볍게 섞은 후 잘게 썬 건망고를 넣고 실리콘 주걱으로 뭉침 없이 골고루 반죽한다.

5. 반죽을 하나로 뭉친 후 높이 1.5㎝, 지름 10.5㎝의 원형 모양으로 만든다.

6. 5를 6등분으로 나눠 팬닝한 다음 반죽 위에 건망고를 토핑한다.

7. 오븐 170도에서 18~20분 정도 굽는다.

|귤 케이크

귤 케이크는 제주 삼나무의 그윽한 풍미를 느낄 수 있는 제주 영귤과 귤
피를 블렌딩한 오설록 제주 삼다 영귤티를 넣어 만들었다. 청견, 금귤, 천
혜향 등 제철 귤을 사용해 만든 소스를 더해 상큼한 귤의 향미를 진하게
맛볼 수 있다.

Yield

실리콘 몰드 실리코마트 085 | 8개 분량

Ingredients

쌀가루 100g / 아몬드가루 35g / 감자전분 30g / 베이킹파우더 6g
베이킹소다 2g / 오설록 제주 삼다 영귤티 티백 1개 / 귤(천혜향)소스 340g
두유 34g / 비정제당 14g / 레몬즙 1t / 현미유 32g / 소금 한 꼬집

귤(천혜향)소스

천혜향 과육 350g
비정제당 90g / 레몬즙 1T

귤(천혜향)필링

귤(천혜향)소스 190g / 한천가루 3g

Recipe

1. 푸드 프로세서에 갈아낸 천혜향 과육을 비정제당과 함께 냄비에 넣어 강
   불에 올린다. 끓어 오르면 중간중간 저으면서 중, 약불로 줄인 후 레몬즙
   을 넣고 1~2분간 저으면서 끓인 후 불을 끈다.
2. 볼에 두유와 제주 삼다 영귤티의 찻잎을 넣고 10분 정도 우린 후 찻잎의
   반 정도를 건져낸다.
3. 다른 볼에 쌀가루, 아몬드가루, 감자전분, 베이킹파우더, 베이킹소다를
   체 쳐서 준비한다.
4. 2에 비정제당과 소금, 레몬즙, 현미유를 넣고 현미유가 잘 섞이도록 거
   품기로 골고루 섞는다.
5. 4에 1[귤(천혜향)소스] 150g을 넣은 후 골고루 섞는다.
6. 5에 3을 넣고 실리콘 주걱으로 뭉침 없이 골고루 반죽한다.
7. 6의 반죽을 짜주머니에 넣어 실리콘 몰드에 팬닝한 다음 오븐 175도에
   서 25분 정도 굽는다.
8. 냄비에 귤(천혜향)소스 190g과 한천가루를 넣고 골고루 섞은 후 약불에
   올려 1~2분 정도 저으면서 끓이다 거품이 올라오면 불을 끈다.
9. 실리콘 몰드에서 분리한 귤 케이크의 오목한 부분에 8[귤(천혜향)필링]을
   넣은 후 실온에서 굳힌다.

| 코코넛 쿠키

상큼한 시트러스 계열의 구아바잎, 라벤더, 레몬머틀이 블랜딩 된 오설록
비의 사색으로 만든 코코넛 쿠키는 라벤더의 향미와 코코넛이 잘 어우러
진 바삭한 듯 촉촉한 식감의 쿠키다.

Yield

쿠키 지름 4㎝ | 12~13개 분량

Ingredients

제빵용 현미가루 60g / 아몬드가루 30g / 코코넛가루 30g

베이킹파우더 3g / 오설록 비의 사색 티백 1개

두유 25g / 비정제당 30g / 소금 한 꼬집

애플소스 15g / 현미유 30g

Recipe

1. 볼에 제빵용 현미가루, 아몬드가루, 코코넛가루, 베이킹파우더를 체 쳐서 준비한다.
2. 다른 볼에 두유, 비정제당, 소금, 현미유, 애플소스, 비의 사색의 찻잎을 넣고 거품기로 골고루 섞는다.
3. 2에 1을 넣고 실리콘 주걱으로 뭉침 없이 골고루 반죽한다.
4. 반죽을 하나로 뭉친 후 12~13등분으로 나눠 동그란 모양으로 만든 다음 팬닝한다.
5. 반죽 윗부분을 포크로 살짝 눌러준다. (생략 가능)
6. 오븐 170도에서 13~15분 정도 굽는다.

| 단호박 케이크

늙은 호박과 귀리가 함유된 티퍼런스 오트 펌킨 퍼플티를 넣어 만든 단호
박 케이크는 중간중간 씹히는 늙은 호박과 오트 펌킨 퍼플티의 찻잎으로
고소함이 배가 된다.

Yield

티그레 틀 4개 분량

Ingredients

쌀가루 100g / 단호박가루 25g / 아몬드가루 50g / 감자전분 20g
베이킹파우더 6g / 베이킹소다 2g / 티퍼런스 오트 펌킨 퍼플티 티백 1개
두유 140g / 레몬즙 1t / 현미유 40g / 비정제당 53g / 토핑용 호박씨 적당량

단호박 크림

단호박가루 25g / 감자전분 5g / 찌개용 두부(부드러운 두부) 160g
코코넛밀크 60g / 메이플시럽 47g / 현미유 30g / 소금 한 꼬집

Recipe

1. 푸드 프로세서에 단호박 크림의 모든 재료를 넣고 갈아준다.
2. 1을 냄비에 넣고 약불에 올려 저으면서 수분을 날려준 후 불을 끈다.
3. 2를 한 김 식힌 후 짜주머니에 넣고 3시간 이상 냉장 보관한다.
4. 볼에 두유와 오트 펌킨 퍼플티의 찻잎을 넣고 15분 정도 우린다.
5. 다른 볼에 쌀가루, 단호박가루, 아몬드가루, 감자전분, 베이킹파우더, 베이킹소다를 체 쳐서 준비한다.
6. 4에 비정제당과 레몬즙, 현미유를 넣고 현미유가 잘 섞이도록 거품기로 골고루 섞는다.
7. 6에 5를 넣고 실리콘 주걱으로 뭉침 없이 골고루 반죽한다.
8. 7의 반죽을 짜주머니에 넣고 티그레 틀에 패닝한다.
9. 오븐 175도에서 25분 정도 굽는다.
10. 티그레 틀에서 분리한 단호박 케이크에 3의 단호박 크림을 넣고 호박씨를 토핑한다.

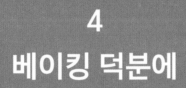

4

베이킹 덕분에

베이킹으로
이겨낸 두려움

　초등학생 때부터 방과후에 집에 오면 라디오를 듣는 게 일상인 '라디오 키드'였다. 라디오에 사연 보내는 걸 좋아해 편지는 편지대로, 팩스는 팩스대로 보내곤 했다. 종종 사연이 소개됐고, 덤으로 받은 선물은 가족과 지인들에게 전했다. 사연 보내는 것을 좋아하게 된 이유는 언젠가 친구가 내게 보낸 사연이 라디오에서 소개되는 걸 들었기 때문이다. '서프라이즈라는 게 이런 거구나'라고 느낀 기쁜 마음을 다른 이들에게도 전하고 싶었던 것 같다.

　나는 평소 표현하지 못했던 마음을 한 글자, 한 글자로 편지에 담아 전할 수 있다는 점이 좋았다. 라디오에 보낸 사연은 디제이를 통해 전하는 2차 가공된 음성 편지였달까. 비단 편지뿐 아니라 화가 나거나 억울할 때, 하고는 싶지만 할 수 없는 말, 왠지 하고 나면 후회될 것 같은 말 등 머릿속에 맴도는 말들을 글로 쏟아 내고 나면 마음이 한결 편해졌다.

　초등학교 4학년 때 EBS의 한 라디오 프로그램에 펜팔 친구를 소개해 주는 코너가 있었다. 그 코너를 통해 알게 된 광주에 사는 동갑내기 친구와 펜팔을 하게 됐고, 둘 다 이사 가기 전 6학년 때까지 편지를 주고받았다. 라디오를 좋아하고 편지 쓰는 걸 좋아한다는 공통점이 있어서였을까, 오랫동안 주고받은 편지는 수북이 쌓였다. 전화라도 한 통 해서 미리 이사하는 곳의 주소를 알았더라면 연락이 끊기는 일은 없었을 텐데, 만나본 적도 목소리조차 들어본 적이 없지만 편지로 많은 추억을 나눈 친구로 기억 속에 여전히 남아 있다. 어떤 노래를 들으면 추억이 떠오르기도 하는데, 편지도 마찬가지다. 찬장을 정리할 때마다 한 번씩 꺼내 보는 편지 상자엔 그동안의 추억이 고스란히 담겨 있다.

지금도 나는 편지를 즐겨 쓴다. 틀리면 바로 지울 수 있는 키보드의 백스페이스 버튼에 익숙해져, 편지를 쓸 때면 수십 번 쓰고 지우는 일이 다반사지만 그래도 좋다. 편지를 쓰는 시간만큼은 오롯이 편지를 쓰는 대상을 생각할 수 있으니까.

편지를 쓰고, 라디오에 사연을 보내며 자연스레 라디오 작가를 꿈꾸기도 했던 어린 시절, 그때는 글을 쓴다는 게 그저 좋고 행복한 일이었다. 그러나 기자 생활을 하면서는 글쓰기가 어렵게만 느껴졌다. 기자는 팩트를 잘 전달해야 하지만 글발도 중요하다는 생각을 하게 됐다.

나는 글발이 있는 것도, 타고난 글장이도 아니기 때문에 어떡하면 좋은 글을 쓸 수 있을지, 좋은 글이란 어떤 것인지에 대한 고민이 깊어졌다. 기사는 중학생이 읽어도 어렵지 않게 써야 한다고 했지만, 어렵지 않은 글이라도 잘 읽히는 글이 있는가 하면 읽히지 않는 글도 있기 때문에 글쓰기에 대한 고민이 늘 꼬리표처럼 따라다녔다. 선배들로부터 들은 "기자는 글을 잘 쓰거나, 아이템이 좋거나 기획력이 좋으면 돼. 이 세 가지를 다 충족하면 좋겠지만 셋 다 충족하는 사람은 없을 거야"라는 말을 위안 삼아 잠시 고민을 덮어두곤 했다.

새로운 아이템을 발굴해 기획하고, 다양한 분야의 인터뷰이를 만나 취재하며 그들에게서 받는 좋은 에너지는 직장 생활을 버텨낼 힘이 됐다. 그러나 직장 내 성희롱, 위계적 괴롭힘으로 켜켜이 쌓인 스트레스와 상처는 아물 틈이 없었고, 갑상샘항진증은 점점 악화됐다.

퇴사를 고민할 무렵, 더 이상 동종업계로의 이직은 하고 싶지 않았지만, 그동안의 경력으로 할 수 있는 건 현실적으로 지금 이 일 밖에 없겠단 생각에 좌절한 채 오랜 시간 고민했다. 그런데 막상 퇴사하고 보니, '그렇게 고민할 시간에 좀 더 빨리 퇴사했더라면 건강이 더 나빠질 일은 없었을 텐데'라는 아쉬움만 있었을 뿐 단 1%의 후회도 남지 않았다.

오랜 시간을 프레스기에 눌린 것처럼 납작해져 버린 자존감에는 글쓰기에 대한 두려움도 더해졌다. 언젠가 한 작가님이 "은, 는, 이, 가의 차이를 모르면 글 쓸 자격이 없다"라고 한 말에 몹시 뜨끔한 적이 있었다. 당시엔 그 차이를 문법 차원에서 달달달 외우기도 했지만 '은, 는, 이, 가'는 여전히 쓸 때마다 헷갈린다.

한동안 '글쓰기 싫어 병'이라도 걸린 듯 짧은 글조차 쓰기 싫었던 때도 있었다. 라디오에 1일 1사연을 보내고, 무엇이든 글로 써서 표현하는 걸 좋아했던 나는 온데간데없어진 것 같아 서글퍼지기도 했다.

글쓰기에 대한 고민은 지금도 여전하다. 화려한 문장, 글발이 살아있는 글 같은 대단한 글을 쓰진 못하지만 즐겁게 글을 쓰고 싶다. 나는 진심 어린 마음을 담아 글을 쓸 때 즐거움을 느낀다. 세상에 하나뿐인 여행의 제안서를 쓸 때, 누군가를 위한 베이킹을 할 때도 그렇다.

조카들이 좋아하는 초코 베이킹, 식단 조절하는 친구를 위한 저탄수화물 베이킹, 마들렌을 좋아하는 이모를 위한 베이킹, 피칸 파이를 좋아하는 후배를 위한 베이킹 등 누군가를 떠올리며 메뉴를 정하고, 재료를 준비하며, 다 만든 후에 포장하는 과정까지 오롯이 그 상대방을 생각하며 만드는 시간은 편지를 쓰는 시간과 똑 닮았다.

베이킹을 하다 떠오른 말, 전하고 싶은 말, 베이킹에 쓰인 각종 재료 그리고 주의 사항 등을 적다 보면 어느새 장문의 편지가 되고 만다. '글 쓰는 즐거움을 다시는 느끼지 못하는 게 아닐까?' 하고 이내 서글퍼졌던 마음은 누군가를 위한 베이킹을 하면 할수록 점점 사그라들고 있다.

병아리콩 베이킹

슈퍼 푸드로 알려진 병아리콩은 땅콩이나 밤처럼 고소한 맛이 나고 포
만감도 뛰어나다. 단백질, 무기질, 비타민, 칼슘, 철분, 섬유질이 풍부해
당뇨, 다이어트, 빈혈에 효과적이고 면역력 증진에도 도움이 된다. 병아
리콩은 물에 불린 후 삶아서 쓰거나 통조림 병아리콩을 사용하면 된다.
병아리콩 베이킹은 액체류 재료를 한 번에 푸드 프로세서로 갈아서 가
루류와 섞기만 하면 되므로 간단히 만들기에 좋다.

| 갈근 머핀

Yield

Ingredients

쌀가루 105g / 갈근가루 5g / 아몬드가루 30g
베이킹파우더 6g / 베이킹소다 2g / 삶은 병아리콩 95g
대추야자 56g / 두유 140g / 포도씨유 40g / 비정제당 45g
레몬즙 1t / 소금 한 꼬집 / 토핑용 피칸 적당량

Recipe

1. 머핀 틀에 유산지를 넣어 준비한다.
2. 볼에 쌀가루, 갈근가루, 아몬드가루, 베이킹파우더, 베이킹소다를 체 쳐서 준비한다.
3. 푸드 프로세서에 삶은 병아리콩, 두유, 포도씨유, 비정제당, 소금, 레몬즙을 넣고 갈아준다.
4. 2에 3과 적당한 크기로 썬 대추야자를 넣고 실리콘 주걱으로 뭉침 없이 골고루 반죽한다.
5. 머핀 틀에 반죽을 팬닝한 다음 반죽 위에 피칸을 토핑한다.
6. 오븐 175도에서 25분 정도 굽는다.

| 흑임자 치아시드 스콘

Yield

미니 스콘 6개 분량

Ingredients

제빵용 쌀가루 95g / 아몬드가루 30g / 흑임자가루(국내산) 20g
베이킹파우더 6g / 삶은 병아리콩 88g / 치아시드 4g
두유 47g / 메이플시럽 46g / 현미유 20g / 소금 한 꼬집

Recipe

1. 볼에 제빵용 쌀가루, 아몬드가루, 베이킹파우더를 체 친 후에 흑임자가루를 넣어 준비한다.
2. 푸드 프로세서에 삶은 병아리콩, 두유, 메이플시럽, 현미유, 소금을 넣고 갈아준다.
3. 1에 2와 치아시드를 넣고 실리콘 주걱으로 뭉침 없이 골고루 반죽한다.
4. 반죽을 하나로 뭉친 후 높이 1.5㎝의 원형 모양으로 만든 다음 6등분해 팬닝한다.
5. 오븐 170도에서 18~20분 정도 굽는다.

| 쑥 파운드케이크

Yield

실리콘 몰드 실리코마트 055 | 6개 분량

또는 파운드 틀(크기 15×8×7㎝)

Ingredients

쌀가루 90g / 쑥가루(달성 참쑥) 20g / 아몬드가루 30g

베이킹파우더 6g / 베이킹소다 2g / 삶은 병아리콩 88g

두유 130g / 레몬즙 1t / 포도씨유 35g / 비정제당 50g

소금 한 꼬집 / 토핑용 피칸분태 적당량

Recipe

1. 볼에 쌀가루, 아몬드가루, 베이킹파우더, 베이킹소다를 체 쳐서 준비한다.
2. 푸드 프로세서에 삶은 병아리콩, 두유, 레몬즙, 포도씨유, 비정제당, 소금을 넣고 갈아준다.
3. 1에 2와 쑥가루를 넣고 실리콘 주걱으로 뭉침 없이 골고루 반죽한다.
4. 반죽을 실리콘 몰드에 팬닝한 다음 반죽 위에 피칸분태를 토핑한다.
5. 오븐 175도에서 25분 정도 굽는다.

코로나19가 없었다면
하지 못했을 여행

기자로 일하는 동안 여유 있게 휴가를 가본 적이 없어서였을까. 여행은 내게 늘 그리운 것이었고, 여행 에세이는 한 줄기 빛과 같았다. 책을 볼 때마다 여행을 한다면 어떤 나라에, 어떤 방식으로 가고 싶은지 상상하는 것만으로도 힘든 마음에 위안이 됐다. 결국 10여 년 동안 상상만 하던 꿈을 실현하기 위해 이직을 결심했다. 짐 걱정 없이 편히 다닐 수 있는 패키지 여행의 장점과 가보고 싶은 곳을 편히 둘러볼 수 있는 자유 여행의 장점을 더해 '세상에 하나뿐인 여행'을 만들고 싶은 마음이었다.

평소 여행지의 추억을 사진이 아닌 그림으로 남겨보고 싶은 로망이 있었고, 그림 그리는 걸 좋아했던 나는 드로잉 여행을 기획했다. 국내 최초로 진행한 드로잉 여행은 드로잉 작가와 함께 이탈리아 일주를 하며 여행지에서 그림을 그리는 여정이었다. 그림을 좋아하는 20대부터 70대까지 다양한 연령대와 함께했다. 그림이라는 공통분모가 있어서인지 여행 중 불편하거나 소소하게 부딪힐 수 있는 상황에서도 서로 배려해 주는 모습이 인상적이었다.

매일 저녁 여행지에서 그린 그림을 함께 공유하고 이야기를 나누는 워크숍을 진행했다. 같은 장소에서 그렸어도 여행자들이 스케치북에 담아낸 그림은 단지 여행지의 풍경만이 아닌 각자 담아내고 싶은 메시지와 함께 개성과 색깔이 담겨 있었다. 매일 저녁 갤러리투어를 하듯 여행자들의 작품을 감상하던 때의 기억은 지금도 선연하다. 생면부지의 사람들이 하나의 공통분모를 갖고 긴 여정을 함께하는 것, 아름다운 여행지에서 좋아하는 것을 함께 체험하고 생각을 공유하는 여행을 만드는 일은 내게 행복한 시간이었다.

그러나 이런 행복을 좀 더 누려볼 겨를도 없이 맞닥뜨리게 된 코로나19 팬데믹. 2020년 1월 한창 코로나19가 한국과 중국에서 확산했던 때, 감성 에세이 작가와 함께하는 크로아티아 일주 여행을 출발하기 이틀 전에 취소해야만 했다. 2020년에 기획했던 총 열두 개 테마의 '세상에 하나뿐인 여행'도 전면 취소됐다.

코로나19 확산이 심해지는 상황에서 확진자 수를 확인하면 할수록 더 초조해질 뿐이었다. 보통 하나의 여행을 기획하는 데 4~5개월의 시간이 걸린다. 다른 여행을 진행하면서 바쁘게 준비했던 열두 개의 여행이 모래성 무너지듯 단숨에 무너졌다. 그때 느낀 허무함과 막막함은 마치 지하 6만 미터 다운행 열차에 탑승한 것만 같았다. 코로나19가 언제 끝날지 끝이 보이지 않았던 2020년 한 해는 길고 길었다. 한 해가 통째로 날아가 버린 듯 허무했고, 수렁에 빠진 듯 어둠이 마음에 드리웠다.

6, 7월이 되자 사회적 분위기는 물론이고 나 역시도 사회적 거리를 지키며 생활하는 데 익숙해졌다. 해외 출장이 잦은 업종에서는 화상을 통한 업무 시스템이 생겨났고, 전면 중지됐던 문화예술 공연도 거리 지키기를 준수하며 관람할 수 있게 됐다. 북토크 외 여러 강연은 ZOOM을 비롯한 다양한 화상회의 앱을 통해 진행됐고 코로나19 대유행 상황에 맞춰진 일상이 펼쳐졌다. 그러나 나는 하늘길이 꽉 막혀버린 탓에 점점 경력단절 여성이 되어가는 것만 같았다. '내가 잘못한 거라면 수습이라도 할 텐데, 코로나19는 왜 하필 지금 겨우 찾은 행복을 만끽해 보기도 전에 찾아온 것일까' 하는 생각에 때로는 울화가 치밀기도 했다.

"코로나19도 언젠가는 끝날 거고 그때 계획했던 여행을 진행하면 되지."

"다시 언론사로 가는 게 낫지 않을까?"

친구들이나 주위 사람들은 걱정돼서 한 말이었지만 오히려 들을 때마다 불안감은 더 커져만 갔다. 고민만 하느니 뭐든 해보자는 마음에, 제안이 온 언론사의 면접을 보기도 했다. 그러나 언론사로 다시 돌아간다는 생각만으로도 가슴은 답답해졌고, 극심한 두근거림 때문에 맥박을 완화해 주는 베타차단제를 복용해야 했다. 면접을 본 곳에선 한 달에 네다섯 번씩 가야 하는 병원 일정을 배려해 준다고까지 했지만, 팀원들에게 민폐가 될 상황은 불 보듯 뻔했다. 다시 언론사로 돌아가 일하다 건강이 지금보다 더 악화되면 회복할 수 있을까 싶은 걱정에 선뜻 응할 수가 없었다. 이십년지기 친구가 "지금 몸 상태로 다시 가서 스트레스는 스트레스대로 받고 몸은 몸대로 상해서, 막상 코로나19가 끝나고 한창 바빠야 할 때 아파서 아무것도 못 하면 그게 더 억울할 것 같다"라고 해준 말이 큰 위안이 됐다.

SNS에서 행복하지 않은 사람은 단 한 명도 없다는 말을 이때 처음으로 실감했다. 나 역시 우울하거나 힘든 피드를 업로드한 적이 없었던 것처럼 SNS에서 우울하거나 불행해 보이는 사람은 없었다. 몸의 근육량이 줄면 체지방이 늘어나는 것처럼 마음의 근육이 줄어드니 어두운 마음으로 가득 찼던 걸까. 코로나19에 아무 영향을 받지 않고, 행복하게 잘 지내는 사람들의 피드를 보는 게 어느 순간 불편해졌다.

그러나 이 불편한 마음을 다잡아준 것은 베이킹이었다. 실험 베이킹을 하면서 베이킹에 관련된 정보를 얻기 위해 국내외 베이커들이 만든 빵, 케이크, 과자, 레시피 등을 검색하며 알고리즘에 엮여 자연스레 베이킹 피드를 SNS로 자주 접하게 됐다. 그러다 실험 베이킹으로 만든 다양한 메뉴를 기록용으로 하나둘 업로드하며 국내외 베이커, 홈베이커, 비건·글루텐프리 베이킹에 관심 있는 사람들과 SNS 친구를 맺게 됐다.

업로드한 게시물에 "맛있을 것 같다", "판매한다면 꼭 사 먹어 보고 싶다"라는 기분 좋은 댓글이 달리고, 레시피에 대한 질문이나 베이킹에 관해 묻는 메시지를 받게 됐다. 베이킹이라는 공통분모를 가진 팔로워들과 소소한 일상을 공유하는 사이, 다른 이들의 행복한 일상을 보는 게 힘들었던 못난 마음은 점차 옅어져 갔다.

맛있는 건 나눠 먹어야 제맛이기에 '그저 내가 좋아서 하는 나눔 이벤트'를 하게 됐다. 팔로워 중 식단과 운동을 병행하는 분, 키토식을 즐기는 분, 당뇨를 앓는 어머니를 위해 건강 디저트에 관심이 생겼다는 분, 비건·글루텐프리 디저트를 좋아하는 분 등 꾸준히 소통하며 지내는 분들을 위해 맞춤 건강 간식을 만들어 드렸다. 베이킹을 하는 나도 즐겁지만 즐거운 마음으로 만든 비건·글루텐프리 디저트를 많은 이들과 함께 나눌 수 있다는 건 더없는 기쁨이다.

크로아티아, 타이완, 호주, 독일, 일본 등 다양한 나라에서 요리사로, 파티시에로, 클래스 강사로, 요리 블로거로 활동하는 팔로워들과도 자연스레 소통하게 됐다. 그들이 공유한 비건·글루텐프리 베이킹 레시피를 참고해 만들어 보기도 하고, 그들이 즐겨 쓰는 재료 중 귀리가루로 다양한 베이킹을 해볼 수 있었다. 스콘, 쿠키 등을 만들며 바삭한 식감을 잡는 데 2% 부족했던 부분을 귀리가루로 완성할 수 있었다.

해외에 거주 중인 팔로워들이 만든 다양한 비건·글루텐프리 디저트를 보는 즐거움에 더해 그들의 일상을 담은 사진과 영상을 매일 접한다. 그동안 지하 6만 미터 다운행 고속 열차에 머물고 있다고 생각했던 나는 매일 행복한 '베이킹 랜선 투어'를 하고 있었던 것이다. 코로나19 확산세가 줄어들어 하늘길이 열리면 크로아티아, 일본, 타이완, 호주 등에 있는 팔로워들 그리고 비건·글루텐프리를 지향하는 사람들과 함께 세상에 하나뿐인 '비건·글루텐프리 투어'를 떠날 날을 꿈꿔 본다.

어쩌다 보니
미니멀리스트

　'내가 먹는 것이 나를 만든다'라고 생각하게 된 건 비건·글루텐 프리 베이킹을 하면서부터다. 음식을 만들 때 재료가 신선하고 좋으면 양념을 많이 넣지 않아도 재료 고유의 맛 그대로 즐길 수 있는 것처럼, 베이킹도 마찬가지란 생각을 한다. 그래서 베이킹에 사용하는 재료도 국내산 유기농 제품을 지향하는데 재료비가 만만치 않다. 국내산 유기농 귀리가루는 800g에 12,000원, 유기농 현미가루는 800g에 9,000원으로 5~6번 쓰고 나면 끝나는 양이라서 실험 베이킹을 계속하고 있을 수만도 없고, 허투루 쓸 수도 없다.

　베이킹에 들어가는 부재료 역시 국내산 흑임자가루, 도토리가루, 마카다미아, 피칸 등도 다른 가루나 견과류에 비해 비싼 편이다. 사브레 쿠키를 구우려고 보니 사브레를 구울 때 쓰는 타공 팬과 에어매트가 필요했다. 예산은 한정되어 있는데 실험 베이킹으로 써야 할 도구와 재료는 많고, 더더군다나 코로나19 때문에 경제적으로 마이너스 생활을 하고 있어 재료비를 충당하기란 여간 어려운 일이 아니었다.

　필요한 재료를 사기 위해 중고 거래 앱 '당근마켓'을 시작했다.

운동화를 좋아해 국내외에서 사 모았던 한정판 운동화를 내놓으면서도 아깝다거나 아쉬운 마음이 들지 않았다. 가방, 모자, 생활용품, 가전기기 등 팔 수 있는 것들을 전부 올렸다. 당근마켓은 사는 동네 가까이 있는 사람들과 거래하는 시스템으로 직접 만나서 거래를 한다. 물건이 팔리기만 해도 좋은데 사는 분들 대부분이 우리 집 근처로 와 주었다. 고마운 마음에 거래할 때마다 쿠키와 스콘 등을 만들어 함께 드렸다. 거래를 마치면 후기를 남길 수 있는데 물건에 대한 것보다 만들어 준 쿠키와 스콘이 맛있었다는 메시지가 대부분이었다.

나눔의 즐거움을 만끽하는 동안 어느새 내 방은 내일 이사 간다고 해도 이상하지 않을 만큼 미니멀리즘한 방이 되었다. 베이킹 재료비를 마련하기 위해 시작한 중고 거래였거늘, 어쩌다 보니 미니멀리스트가 된 것.

어떻게든 절약하고 재료비를 마련할 수 있는 것에 몰두하다 보니 온라인 쇼핑의 포인트가 눈에 들어왔다. 온라인 주문은 주로 네이버페이를 이용하고 있다. 후기를 남기면 50~200원 상당의 포인트가 쌓인다는 건 알았지만, 지금껏 후기를 남겨본 적은 없었다. 티끌 모아 태산이란 마음으로 지난 구매 내역의 사용 후기를 하나하나 쓰기 시작했다. 6개월 이전 내역의 후기에 다다르니 손가락이 저려왔다. 손가락 스트레칭을 해가며 후기를 작성한 끝에 9,200원의 포인트가 적립됐다. 큰 금액은 아니었지만 나름 의미가 있었다.

과거 지출 내역을 살펴보니 코로나19 전과 후로 극명히 나뉘었다. 코로나19 이전에는 과소비는 하지 않았어도 생활 비품만큼은 넉넉히 사두었다면, 코로나19 이후의 구매 내역은 베이킹 재료, 갑상선 영양제 등 꼭 필요한 베이킹 재료와 약품 외엔 없었다. 없으면 없는 대로 살 수 있다는 걸 경험해 보니 그동안 넉넉히 사두려 했던 물건들이 어쩌면 내게 꼭 필요한 건 아닐 수도 있겠다 싶었다.

주식 정보, 대출 등의 스팸 문자 중 눈에 띈 메시지는 TV·인터넷 갱신 알림 문자였다. 통신 결합 상품을 이용하고 있어 재연장할 생각이었는데, 연장 시 22만 원의 마트 상품권을 지급한다는 내용이었다. 장바구니에 담아두었던 베이킹 재료를 일괄 주문할 수 있다는 생각에 마치 복권에 당첨이라도 된 듯 주문했다. 이렇게까지 뭔가를 간절히 바라며 사고 싶었던 건 베이킹 재료와 도구가 처음이었다.

만약 코로나19가 없었다면, 그로 인한 피해를 겪지 않았다면, 베이킹 재료를 사기 위해 미니멀리스트가 될 일도, 티끌 모아 태산을 경험할 일도, 재료를 사면서 느끼는 기쁨도 알 턱이 없지 않았을까. 그저 2020년이란 한 해가 지우고만 싶고 힘들기만 한 시간은 아니었다고. 그 덕분에 베이킹 재료와 도구를 사기 위해 짠하지만 소소한 행복이 무엇인지를 알게 됐으니까.

미니멀리스트가 된 덕분일까, 재료 하나도 허투루 쓰지 않는 베이킹을 하게 됐다. 예를 들어 재료의 양이 두 종류를 만들 수 있는 정도라면 또 다른 재료를 더해서 세 종류를 만든다. 그러다 보니 더 다양한 메뉴를 만들게 됐다. 이렇게 만든 것으로 나눔 이벤트를 하면서 "비건은 맛이 없을 거라는 편견이 사라졌다"라는 말을 종종 듣게 됐다.

예전보다 비건 레스토랑, 비건 맛집, 비건 제품 등을 찾는 사람이 많아졌지만, 여전히 '비건은 건강한 맛으로 먹는 것'이라고 생각하거나 비건 식품에 편견을 갖는 경우도 있다. 이런 생각이 아주 조금이라도 바뀔 수 있다면 좋겠다는 바람과 내가 만든 비건·글루텐프리 메뉴에 대한 전문가들의 평가 혹은 조언을 듣고 싶다는 마음이 더해져 요리 대회와 공모전에 참가하게 됐다.

내 생애 처음으로 출전한 요리 대회는 파프리카를 이용한 요리 경연 대회였다. 본선 대회에서는 서너 명으로 구성된 팀별 출전자들이 주를 이뤘다. 참가자 대부분이 전공자나 현역 요리사이다 보니 그들의 현란한 칼질 솜씨에 시선을 빼앗기기도 하고, 분주한 주방과 처음 착용해 본 요리모와 요리복 등 모든 것이 낯설게 느껴졌다.

나는 그 대회에서 파프리카와 감자, 비건 치즈, 썬드라이 토마토 등을 넣어 '비건·글루텐프리 파프리카 감자 스콘'을 만들었다. 그리고 "아이부터 어른까지 호불호 없이 맛있게 먹을 수 있을 것 같다"라는 평과 함께 최우수상을 수상했다. 그 이후 비건 고기를 넣어 만든 '토마토를 품은 메밀 전병', '생쌀로 만든 단호박 마들렌', '티 베이킹 6종 디저트', '콩코넛 오트 셰이크' 등의 메뉴로 요리 대회와 공모전에 참가해 수상의 기쁨을 맛볼 수 있었다.

비건·글루텐프리 베이킹이 계기가 되어 여러 대회에 도전하고 입상하면서 문득 인생은 한 편의 대하드라마와 같다는 생각을 하게 됐다. 그리고 그 드라마의 주역일 나 자신을 떠올려 봤다. 희로애락이 깃든 인생 대하드라마의 클라이맥스 씬을 꼽는다면 아마도 시련, 고난, 역경에 부딪히고 헤쳐 나가는 씬이 아닐까.

돌이켜 보면 언제나 어려움은 있었다. 건강고, 인간고, 경제고 등 헤쳐 나가야 할 과제가 있었다. 코로나19 팬데믹으로 하늘길이 막히면서 다가온 힘든 시간도 지나고 보면 성장을 위한 하나의 퍼즐처럼 느껴지지 않을까.

가장 아프고 힘들었던 때 베이킹을 만나 다양한 도전을 할 수 있었던 것처럼 고난이 있을 때야말로 행복해질 기회도 오는 것 같다. 앞으로 어떠한 어려움이 와도 환경에 지지 않고, 자신의 괴로움에 갇히지 않으며, 어려움을 성장할 찬스로 삼아 감연히 이겨내 가고 싶다. 고난은 곧 행복해질 기회이니까.

[만들어 봐요]

녹차 베이킹을 대신한 초록 베이킹

연잎차를 즐겨 마시며 녹차가루로 만들었던 레시피를 연잎가루로 바꿔 하나둘 만들어 보기 시작했다. 연잎가루로 만든 메뉴는 연잎차로 마시는 것과는 또 다른 맛과 풍미를 즐길 수 있다. 쑥 초코칩 쿠키도 녹차가루로 만들었던 레시피를 응용해 만든 쿠키다. 쑥과 초콜릿은 코코넛과 망고에 버금가는 찰떡 조합이다. 좋아하는 재료로 다양한 베이킹을 하면서 만들어지는 '맛있는 레시피'는 베이킹을 더 즐겁게 한다.

| 연잎 브레드

Yield

실리콘 몰드 실리코마트 058 ｜ 6개 분량

Ingredients

현미가루 100g / 아몬드가루 45g / 베이킹파우더 6g
베이킹소다 2g / 연잎가루 1/2t / 두유 110g / 비정제당 48g
소금 한 꼬집 / 레몬즙 1t / 애플소스 45g / 포도씨유 37g
건조 무화과다이스 50g
토핑용 단호박 크림 적당량 (단호박 크림 레시피는 155쪽 참조)

Recipe

1. 볼에 현미가루, 아몬드가루, 베이킹파우더, 베이킹소다, 연잎
   가루를 체 쳐서 준비한다.
2. 다른 볼에 두유, 비정제당, 소금, 레몬즙, 애플소스, 포도씨유
   를 넣고 거품기로 골고루 섞는다.
3. 2에 1을 넣고 가볍게 섞은 후 건조 무화과다이스를 넣고 실리
   콘 주걱으로 뭉침 없이 골고루 반죽한다.
4. 3의 반죽을 짜주머니에 넣은 후 실리콘 몰드에 팬닝한다.
5. 오븐 175도에서 25분 정도 굽는다.
6. 실리콘 몰드에서 분리한 연잎 브레드의 가운데 부분에 단호박
   크림을 토핑한다.

| 쑥 초코칩 쿠키

Yield

쿠키 지름 4.5㎝ | 8개 분량

Ingredients

제빵용 현미가루 40g / 아몬드가루 20g / 베이킹파우더 4g
쑥가루 6g / 현미유 25g / 소금 한 꼬집 / 비정제당 27g
애플소스 40g / 다크청크초콜릿 20g / 토핑용 피칸 적당량

Recipe

1. 볼에 제빵용 현미가루, 아몬드가루, 베이킹파우더를 미리 체
   쳐서 준비한다.
2. 다른 볼에 현미유, 소금, 비정제당, 애플소스를 넣고 거품기로
   골고루 섞는다.
3. 2에 1과 쑥가루를 넣고 가볍게 섞은 후 다크청크초콜릿을 넣
   고 실리콘 주걱으로 뭉침 없이 골고루 반죽한다.
4. 반죽을 하나로 뭉친 후 8등분으로 나눠 동그란 모양으로 만든
   후 팬닝한 다음 반죽 위에 피칸을 토핑한다.
5. 오븐 170도에서 15분 정도 굽는다.

완벽한
비건은 아니지만

비건·글루텐프리 베이킹을 하기 전까지만 해도 나는 채식주의자에 대한 선입견이 있었다. 10년 전에 채식주의자였던 예민한 성격의 한 지인을 접해 보았기 때문이다. 그는 한정된 소식과 채식을 하고 있었다. 이러한 식습관 때문에 예민한 것일까라는 생각이 한 번씩 스치곤 했다. 그러나 '고기테리언'에 가까웠던 나 역시 예민한 걸 보면 소식과 채식이 문제였던 건 아니었을 테다.

온오프라인으로 비건·글루텐프리 디저트에 관심이 있는 사람들과 소통하고 지내면서 비건과 비건을 지향하는 사람이 많다는 걸 알게 됐다. 갑상샘항진증, 당뇨 등과 같은 자가면역질환, 아토피, 우유, 달걀, 유제품에 대한 알레르기나 유당불내증, 소화기 질환 등 건강상의 이유로 채식하는 경우, 다이어트 및 식습관 개선을 위해 채식하는 경우, 비윤리적인 사육과 도축 시스템에 거부감을 느껴 채식하게 된 경우, 환경을 위해 채식하는 경우 등 다양한 이유로 채식을 실천하는 이들이 많았다. 그동안 채식을 한다고 하면 예민할 것이라는 나의 고정관념은 눈 녹듯 녹아내렸다. 한국채식연합Korea Vegan Union의 통계에 따르면 우리나라의 채식 인구는 2008년 150

만 명에서 2021년 250만 명으로 증가했다.

비건·글루텐프리 베이킹을 하면서 단백질, 탄수화물과 칼슘 등을 골고루 섭취할 수 있는 식재료에 대한 생각이 많아졌고, 동물성 식품을 대체할 수 있는 식물성 재료를 알아보게 됐다.

소고기, 닭고기 등의 육류와 달걀 등에 풍부한 단백질은 햄프시드, 호박씨, 들깨, 해바라기씨, 아마씨, 깨, 치아시드, 검정콩, 피스타치오, 아몬드, 땅콩 등 다양한 견과류를 통해 챙길 수 있다. 일반 흰 우유(240㎖ 기준)의 칼슘 함량은 300㎎인데, 식물성 우유인 아몬드밀크와 두유에는 451㎎, 오트밀크에는 350㎎의 칼슘이 함유돼 있다. 또한 치아시드, 고구마, 퀴노아, 브라질너트, 적양배추, 청경채, 양배추, 병아리콩, 케일, 시금치, 무화과, 두부, 아몬드, 토마토, 당근으로도 우유, 치즈 등의 동물성 식품에 함유한 칼슘을 대체할 수 있다.

비건·글루텐프리 베이킹에도 기본 재료인 밀가루, 흰설탕, 달걀, 버터, 우유 등을 대신할 재료가 얼마든지 있다. 두부, 아마씨, 치아시드, 바나나, 애플소스가 있고, 식물성 오일로는 코코넛오일, 포도씨유, 현미유 등을 쓸 수 있다. 또한 무첨가 두유, 코코넛밀크, 오트밀크, 비타민과 무기질이 함유된 비정제원당과 단백질, 지방, 식이섬유 함량이 높은 귀리가루, 현미가루, 쌀가루 등을 사용한다.

특히 단백질, 철분, 칼슘, 섬유질을 다량 함유한 아마씨와 치아시드는 스콘, 머핀, 쿠키, 파운드케이크에 넣으면 포만감이 뛰어나

고 배변 활동에도 좋아 베이킹할 때 빼놓지 않고 사용하는 재료다. 여기에 곁들여 호박씨, 해바라기씨, 피스타치오, 캐슈너트, 호두, 피칸 등의 견과류와 파프리카, 당근, 양파, 버섯, 시금치, 당근 등의 채소류로 영양적인 부분을 고려해 베이킹 재료로 사용한다. 채소류 중에서도 케일은 칼슘이 풍부하고 갑상샘 호르몬 생성을 막아 갑상샘항진증에도 효능이 있다. 주스로 즐겨 마시던 케일을 스콘, 쿠키, 파운드케이크 등을 만들 때 즙으로 넣어 만드니 주스로 마시는 것보다 더 맛있게 즐길 수 있었다.

무엇보다 섬유질이 풍부한 현미가루와 귀리가루를 베이스로 한 베이킹을 해서일까. 오랫동안 고생해 온 변비의 개선, HDL 콜레스테롤의 증가 등 몸의 변화를 직접 체감하면서 더 맛있고 건강하게 먹을 수 있는 비건·글루텐프리 베이킹을 지향하게 되었고 자연스레 동물성 식품을 먹는 일이 줄었다.

비건·글루텐프리 베이킹이 계기가 되어 건강상의 이유만이 아닌 환경을 위해 실생활에서 할 수 있는 것들을 실천해 보기로 했다. 기존에 쓰던 플라스틱 용기 대신 옥수수전분에서 추출한 생분해 용기를 사용하기 시작했다. 카페나 빵집 등에 갈 땐 텀블러나 다회용기를 지참해 간다. 옷이나 운동화를 살 때도 되도록 생분해가 되는 면 소재나 리사이클 소재로 만든 걸 구매하고, 화장품, 샴푸 등의 바디용품은 비건 제품으로 바꿔 사용하고 있다.

그동안 참가했던 공모전 중에서 기억에 남는 공모전은 기후변

화행동연구소에서 주최한 〈음식물 쓰레기 줄이기 영상 공모전〉이다. 나는 '참외 한 개 그대로 참외 고구마 샐러드'를 만들어 '나만의 제로 푸드웨이스트 라이프'를 소개하는 영상을 제작했다.

평소 참외 껍질째 담근 참외장아찌를 좋아해 즐겨 만들다가 참외 씨와 꼭지 부분까지 활용해 보고 싶은 마음에 참외 씨 소스를 만들어 봤다. 식이섬유가 풍부한 참외 씨와 체내 독성을 해독하는 효과가 뛰어난 쿠쿠르비타신이라는 성분이 함유된 참외 꼭지, 항산화 성분이 풍부한 참외 껍질, 과육, 두유 요거트를 함께 갈았다. 참외 꼭지와 참외 껍질을 넣었다는 게 무색할 만큼 참외의 달콤함이 입안 가득 퍼졌다. 참외 씨를 제거한 과육 안에 삶은 고구마와 참외 씨 소스를 버무려 넣고, 파프리카, 방울토마토, 견과 등을 토핑해 참외 씨 소스를 곁들이니 한 끼 식사 대용으로도 손색없는 맛있고 든든한 샐러드를 맛볼 수 있었다. 간단하게 만들어 즐길 수 있는 데다 음식물 쓰레기 줄이기를 실천할 수 있는 맛있는 레시피를 만들어 본 것으로도 내게는 큰 의미가 있었다. 그런데 뜻밖에도 최우수상을 받게 됐다.

참외 샐러드를 계기로 과육은 물론이고 씨부터 껍질까지 버릴 것이 없는 과일과 채소 등을 베이킹에 접목해 만들어 보기 시작했다. 예를 들면 삶은 단호박 씨는 말리거나 오븐에 한 번 더 구운 후 스콘, 타르트, 케이크 등의 반죽에 넣거나 토핑으로 사용하고, 밤껍

질, 귤껍질은 말린 후 갈아서 쿠키, 머핀 등의 반죽에 넣어 만드니 맛과 풍미를 더하는 핵심 재료가 되었다. 그동안 음식물 쓰레기 줄이기라고 하면 잔반을 남기지 않는 것만 떠올렸는데 요즘은 음식물 쓰레기를 줄일 수 있는 다양한 레시피를 만드는 재미에 푹 빠져 있다.

비건·글루텐프리 베이킹은 내게 선한 영향력을 미치고 있었다. 비건에 대한 오랜 선입견을 바꿔 주었고, 완벽한 비건은 아니지만, 환경을 위해 실생활에서 할 수 있는 것들을 즐겁게 실천할 수 있게 해주었으니 말이다.

낙하산 천으로 만든
에코백

    3년 전 공업용 미싱에 빠졌던 적이 있었다. 낙하산을 만드는 지인의 공장에 놀러 갔다가 우연히 미싱을 접한 게 계기가 됐다. 홈 미싱으로 커튼이나 쿠션 커버를 간신히 만드는 정도였는데 공업용 미싱은 홈미싱과 달리 발로 밟는 세기에 따라 강약 조절을 하며 박음질할 수 있다는 것이 마냥 신기했다. 신명 나게 수십 미터 길이의 박음질을 우다다다 박는 것만으로도 지하 5천 미터에 내재된 스트레스까지 해소되는 느낌이었다.

    공장 한 귀퉁이에 버려진 낙하산 천으로 박음질 삼매경에 빠졌을 무렵 박음질만 할 게 아니라 평소 가장 많이 사용하는 에코백을 만들어 보고 싶다는 생각을 하게 됐다. 낙하산 천은 정말 가벼웠다. 그리고 생활 방수가 되고, 올이 나가도 구멍이 더 커지지 않는다고 하여, 잘 부딪히고 넘어지는 내게 낙하산 천으로 만든 에코백이 있다면 더할 나위 없이 좋을 것 같았다. 당시엔 에코백이 만들어지는 과정에서 배출되는 탄소량과 폐기 시 걸리는 기간이 길다는 문제 때문도, 환경을 보호하기 위한 마음 때문도 아닌 그저 들고 다니는 게 생활화돼 있었던 이유로 디자인이나 도안도 없이 무작정 에코백을 만들기 시작했다.

비건을 실천하는 이들과 소통하면서 그동안 무심코 써왔던 에코백을 환경에 초점을 맞춰 생각하게 됐다. 제로 웨이스트 '리바운드 효과'는 다회용품을 구매한 후 사용하지 않아 환경에 악영향을 끼치는 것을 말하는데 얼마 전 붙박이장을 정리하다 당시 낙하산 천으로 만들었던 에코백 세 개가 더 있는 것을 발견했다. 3년째 매일 들고 다니는 에코백을 지금까지 쓰면서 올 하나 나간 곳이 없는 걸 보면 꽤 튼튼하다는 생각이 들었다. 비록 미싱의 즐거움을 만끽하며 내가 필요해서 만든 것이었지만, 뒤늦게나마 환경을 위해 그리고 튼튼한 에코백이 필요한 사람이 있다면 소소한 나눔을 해보면 좋겠다는 생각이 들었다.

낙하산 천은 프라다를 명품 브랜드로 도약시킨 일등 공신이기도 한 소재다. 1970년대 파산 직전에 놓였던 프라다를 물려받은 디자이너 미우치아는 독특한 스타일과 남들이 쓰지 않는 소재로 패션계에 돌풍을 일으켰다. 그 대표작 중 하나가 낙하산 천으로 만든 가방이었다. 명품 가방은 가죽으로 만들어야 한다는 틀을 깨고 만든 이 가방은 1985년에 선풍적인 인기를 얻어 프라다를 명품 반열에 올려 놓았다.

SNS에 에코백 나눔 공지를 띄웠다. 생활 방수도 되고 튼튼하게 사용할 수는 있지만 낙하산 천으로 만든 이 투박한 디자인의 에코백을 필요로 하는 사람이 과연 있을까 싶은 의문이 들기도 했다. 하지만 제로 웨이스트 '리바운드 효과'를 줄이기 위한 취지를 공감

해 주는 분들에게 나눔을 할 수 있었다. 에코백만 보내긴 허전해 비건·글루텐프리 쿠키와 직접 그린 엽서 세트도 함께 보내드렸다.

"좋은 취지의 뜻깊은 선물에 마음이 따뜻해졌다", "직접 만든 가방과 건강 간식, 엽서 등 핸드메이드 종합선물 세트를 받은 기분이다", "프라다 에코백이라고 생각하며 쓰겠다" 등 기꺼운 마음으로 함께해 준 이들에게 도리어 고마운 마음이 들었다.

비건·글루텐프리 베이킹을 하지 않았다면 여전히 그저 습관처럼 분리배출을 하고, 에코백을 사용하고는 있겠지만 제로 웨이스트에 대한 자각은 하지 못했을 것이다. 지구와 공생하며 더 건강하고 맛있게 즐길 수 있는 비건·글루텐프리 베이킹 덕분에 환경을 위한 생활 속 작은 변화들이 그동안 코로나19로 지쳐 무채색이던 일상에 노랑, 파랑, 초록의 생기발랄한 색으로 수를 놓아주는 듯하다.

치유의 베이킹

2017년, 흔히 '스트레스 병'으로 불리는 갑상샘항진증을 앓게 됐다. 쉬면 낫는 병이라고 하지만 증상도 합병증도 체감하는 사람에 따라 다르다. 나는 그중 가슴이 두근거리는 증상이 가장 힘들었다. 24시간 내내 100미터 달리기를 하는 듯한 두근거림으로 누우면 증상이 더 심해져 하루에 서너 시간도 잘 수 없었다. 이에 더해 탈모, 손발 저림 그리고 합병증 중 가장 두려웠던 갑상선 안병증이 찾아왔다. 외래 진료를 받던 대학병원의 교수님은 "이 병은 마음이 편해야 나아요. 힘들게 하는 것들을 모두 내려놓으세요. 스트레스를 받지 않아야 낫습니다"라고 진료할 때마다 말씀하셨다. 나 역시 간절했다. 마음이 편해지면 좋겠는데 좀처럼 편해지지 않아 더 힘들었다.

그동안 나는 내 상처와 스트레스보다 언제나 가족과 타인 그리고 일이 먼저였다. 세상에 스트레스 없는 일도, 스트레스를 받지 않는 사람도 없을 거라고 생각해왔기 때문일까. 그 누구보다 잘 돌봐야 할 자신을 뒤로한 채 그저 점점 더 나빠지는 갑상선 수치에만 일희일비할 뿐이었다. 갑상샘항진증을 앓으며 변화된 것이라면, 스트레스를 받으면 여러 합병증이 동시다발적으로 반응한다는 것이다.

병이 낫기 위해서는 마음이 편해져야 했다. 내가 처음 멍때리는 시간을 갖게 된 건 '오븐멍'이었다. 쉼이 돼 주었던 오븐멍을 할 때면 그동안 미처 들여다보지 못한 내 마음을 관찰할 수 있었다. 내 마음을 관찰하며 나 자신을 이해하게 되니 평소 꺼려지거나 피하고 싶었던 감정을 받아들일 수 있었다. 힘든 상황을 변화시킬 수 없을 때 사람은 무력해지거나 좌절하기도 하는데, 나는 베이킹을 하면서 숙명이라고 생각했던 마음의 상처를 떨쳐낼 수 있었다.

어릴 때부터 아빠와는 살가운 대화를 나누기가 어려운 관계였다. 마음이 힘들 땐 가족 심리학책으로 마음을 다독이고는 했는데 베이킹을 하면서부터 아빠는 내게 '베이킹을 더 즐겁게 하는 활력소'가 되었다. 도돌이표 베이킹을 한 덕분일까, 자연스레 시식단이 된 아빠는 이따금 맛 평가를 해주시기도 하고, 망친 것도 맛있게 드셔 주신다. 그런 모습이 내게는 그 어떤 말보다 큰 활력소가 되어준다. 아빠에게 듣는 세상에서 가장 좋아하는 말인 "맛있다"라는 말은 특급 칭찬처럼 느껴지기도 한다.

오늘도 나는 베이킹에 필요한 재료를 준비하고 가루류를 계량하고, 액체류를 섞어 반죽한다. 반죽이 구워지는 동안 오븐멍을 하며 갖는 오롯이 나만을 위한 시간, 몸과 마음이 치유되는 시간을 보낸다.

자가면역질환인 갑상샘항진증, 두드러기 등을 앓게 된 것도 내 삶을 보살피고 되돌아보라고 몸에서 보낸 신호가 아니었을까. 그 신호 덕분에 비건·글루텐프리 베이킹을 하게 되었으니 오히려 아팠던 게 감사하게 느껴졌다. 그동안 아프고 얼룩진 마음을 치유의 시간으로 이끌어 준 건, 움츠러들었던 마음에 나다움을 되찾아 준 건 다름 아닌 베이킹이었다.

2021년 여름부터 온몸에 대란이라도 일어난 듯 매일 병원 투어를 했다. 온몸을 덮어버린 두드러기를 시작으로 갑상샘항진증 그로 인한 합병증 그리고 공황장애까지 겹쳐 버렸다. 극심한 어지럼증으로 혼자 외출하는 게 어려워 언제나 혼자 다니던 병원을 엄마가 동행하기에 이르렀다. 어릴 때부터 무엇이든 혼자서 씩씩하게 해왔는데, 엄마를 보호해 드려야 할 나이에 내 움직임 하나하나 신경 쓰게 해드리는 게 무척이나 죄송했다. 엄마는 "어릴 때 함께하지 못했던 것들을 이제야 다 하나 보다"라며 병원에 함께 가 주신다. 엄마와 단둘이 여행을 하고, 맛있는 음식을 먹고, 함께 산책도 하며 추억을 쌓아가고 있다.

그동안 갑상샘항진증 때문에, 그로 인한 합병증 때문에, 두드러기 때문에, 공황장애 때문에, 코로나19 때문에 힘든 시간을 보냈지

만 베이킹 덕분에 그동안 '~때문에'라고 탓했던 것들을 이제는 '~덕분에'라는 감사한 마음으로 받아들일 수 있게 됐다.

베이킹 덕분에 몸과 마음이 편안해졌고,

베이킹 덕분에 오랜 내 상처와 마주할 용기를 낼 수 있었다.

베이킹 덕분에 관심사가 비슷한 사람들과 소통하는 즐거움을 알게 되었고,

베이킹 덕분에 글쓰기에 대한 두려움을 덜어낼 수 있었다.

베이킹 덕분에 좋아하는 사람들을 위해 건강하고 맛있는 간식을 만들어 줄 수 있게 되었고,

베이킹 덕분에 어려움이 있을 때야말로 행복의 기회로 바꿀 수 있다는 확신을 하게 되었다.

베이킹을 통해 요즘 느끼는 것도 많이 변화됐다. 물론 코로나19가 끝나기만을 전전긍긍하며 기다리던 때와 비교해 상황이 크게 바뀐 건 없다. 하지만 수십 년 만에 내가 잘하는 것이 무엇인지 알게 된 기쁨, 사랑하는 사람들을 위해 건강한 간식을 만들어 줄 수 있다는 기쁨, 무엇보다 베이킹을 하면서 마음에 평안을 찾았다는 기쁨은 더없이 크게 와닿는다.

여섯 살 때부터 12월이 되면 그다음 해에 이루고자 하는 것을 적고, 그해에 이룬 것에 동그라미 치는 습관을 부모님 덕분에 들일

수 있었다. 12월 31일이 되면 가족들이 모여 그다음 해에 이룰 계획들을 함께 기원하는 시간을 갖는다. 어릴 땐 연예대상도 보고 싶고, 일출도 보러 가고 싶었지만, 그때 들인 습관 덕분에 희망한 것들은 반드시 이뤄진다는 믿음이 생겼다. 당장은 계획한 대로 되지 않는 것 같아도, 돌이켜 보면 결국 가장 좋은 방향으로 길은 열리고 있었다.

물론 계획한 걸 적어 놓기만 하고 노력하지 않으면 이룰 수 있는 건 없다. 매일 아침저녁으로 보면서 실천한다. 이루지 못한 건 이월시키고 또 이월시켜, 오래 걸려도 이루고 싶은 것에 동그라미를 칠 수 있었다. 2021년 12월엔 내가 만든 건강한 간식을 다양한 형태로 더 많은 이들과 나누고 싶다는 바람을 적었다. 희망은 공짜니까. 나는 오늘도 더 다양하고 건강한 재료로 베이킹을 한다.

나를 돌보는 비건·글루텐프리 베이킹

치유의 베이킹

1판 1쇄 펴낸날 2022년 11월 30일

지은이 정민
사진 허인영 (STUDIO HER)
스타일링 이아연 (앤드밀 스튜디오)

책만듦이 김미정 책꾸밈이 홍규선

펴낸곳 띠움 펴낸이 서채윤
신고 2016년 5월 3일(제2016-35호)
주소 서울시 광진구 자양로 214, 2층(구의동)
대표전화 1811.1488 팩스 02.6442.9442
E-mail book@chaeryun.com Homepage www.chaeryun.com

ⓒ 정민. 2022
ⓒ 띠움. 2022. published in Korea

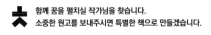

함께 꿈을 펼치실 작가님을 찾습니다.
소중한 원고를 보내주시면 특별한 책으로 만들겠습니다.

채륜(인문·사회), 채륜서(문학), 띠움(과학·예술)은 함께 자라는 나무입니다.
물과 햇빛이 되어주시면 편하게 쉴 수 있는 그늘을 만들어 드리겠습니다.